KB018862

어린 왕자의 눈으로 본 뉴욕 3년 살이

어쩌다 외교관의
뉴욕 랩소디

글 은파

대경북스

어쩌다 외교관의 뉴욕 랩소디

1판 1쇄 발행 2023년 5월 20일
1판 2쇄 발행 2023년 9월 20일

발행인 김영대
편집디자인 임나영
펴낸 곳 대경북스
등록번호 제 1-1003호
주소 서울시 강동구 천중로42길 45(길동 379-15) 2F
전화 (02)485-1988, 485-2586~87
팩스 (02)485-1488
홈페이지 http://www.dkbooks.co.kr
e-mail dkbooks@chol.com

ISBN 978-89-5676-958-5

※ 이 책은 저작권법에 따라 보호받는 저작물이므로 무단전재와 무단복제를 금지하며,
   이 책 내용의 전부 또는 일부를 이용하려면 반드시 저작권자와 대경북스의 서면 동의를 받아야 합니다.

※ 잘못된 책은 구입하신 서점에서 바꾸어 드립니다.

※ 책값은 뒤표지에 있습니다.

Prologue

어쩌다 외교관 생활 3년을 마친 후, 그 경험담을 기록으로 남기고 싶었으나 그동안 자신이 없어 손을 대지 못하고 있었다. 여기에는 여러 가지 사정이 있었지만, 가장 큰 고민은 과연 당시의 경험을 객관적으로 기록할 수 있느냐 하는 것이었다.

그렇게 미루고 또 미루다 보니 많은 시간이 흘렀고, 이제는 객관적으로 바라볼 수 있겠다 싶어 펜을 잡았다. 어떤 사람들은 짧은 3년여의 경험으로 외교관과 미국 생활을 감히 오류 없이 기록할 수 있느냐고 반문할 수도 있을 것이다. 물론 맞는 말이다. 하지만 어떤 현상을 정확히 볼 수 있느냐의 문제는 시간의 장단에 좌우되지 않는다고 생각한다. 또한 여기에 기록한 글은 다큐멘터리가 아니다. 다만 초보 외교관이던 시절에 느꼈던 단상을 지극히 개인적인 시각에서 다뤄본 것이다.

그렇다고 해서 사실에 반하는 내용을 기록하고 싶지는 않았다. 기본적으로 경험한 사실을 바탕으로 그때마다 느낀 감정을 가감 없이 정리하고 싶었다. 그러다 보니 부득이 실명을 밝힐 수 없는 부분도 있었고, 때로는 해당 사건을 너무 적나라하게 적을 수도 없었다는 사정을 독자 여러분께서 이해해 주셨으면 한다.

요즘 세상은 어찌 보면 속도를 중시하는 기계 문명 속에 매몰되어 있고, 문명이 발전하면 할수록 오히려 획일화된 시각을 요구하고 있다. 우리나라 또한 창의성이나 다양성보다는 어려서부터 획일화된 시각을 가진 인간을 집중적으로 양성하고 있어, 우리 사회의 경직성은 점점 더 공고해지고 있다. 이로 인하여 우리 사회는 내 편 아니면

적, 나만 옳다는 생각, 남과 다르다는 것은 곧 틀린 것이라는 생각이 지배하는 사회로 점점 변해가고 있다. 이런 현상은 10년 전이나 지금이나 거의 변화가 없는 것처럼 보인다. 아니, 어쩌면 시간이 흘러가면서 점점 더 단단해져 가는 것 같아 안타깝기 그지없다.

개인적으로는 원래 다녔던 직장에 계속 있는 것이 생활면에서는 훨씬 편할 수도 있었다. 하지만 태어나서 대한민국이라는 나라를 제대로 벗어난 적이 없어, 나 또한 '우리'라는 안경을 쓰고 살았던 것이 사실이다. 그래서 기회가 왔을 때, 다른 나라를 직접 경험해 보면 어떨까 하는 생각에서 외교부 행을 결심했다. 지금 생각해 보면 외교부뿐만 아니라 미국 생활도 모든 것이 처음이라 시행착오를 많이 겪었다. 그렇지만 이런 과정에서 우리 사회에 갇혀 살았다면 몰랐을 많은 것을 경험하게 되었고, 세상을 좀 더 객관적으로 바라볼 수 있는 눈도 키우게 되었다.

어쩌면 소행성 B612를 떠나 기나긴 여행을 시작한 어린 왕자의 심정이 이러했을 것이다. 조그만 소행성에서 매일 반복되는 일상의 무료함과 어느 날 우연히 찾아온 자존심 강한 꽃에 대한 의심과 상처들이 그의 등을 떠밀었을 테니까. 어린 왕자와 함께 떠난 《어쩌다 외교관의 뉴욕 랩소디》는 외교부와 뉴욕 생활 속에서 어린 왕자의 시각으로 '나'를 찾아가는 과정을 담은 글이다.

현재 기준으로 지구에는 총 78억 명의 사람이 살고 있다고 한다. 이는 세상을 바라보는 눈이 78억 개가 된다는 말이다. 지금 이 책의 내용을 그러한 시각으로 이해해 주었으면 한다. 세상에는 같은 사물을 놓고 78억 개의 다른 생각이 있을 수도 있다는 점을 인정하면서, 이 글을 읽어 준다면 한결 마음이 편할 듯하다. 특히 외교부에 근무하고 있는 직원분들과 생각이 다른 점도 많이 있을 것이다. 이 점이 가장 조심스럽기도 하지만, 어느 초보 외교관의 극히 주관적인 생각일 수도 있다는 시각으로 널리 이해해 줬으면 한다.

차 례

7
Contents

9
Contents

1부 눈 떠 보니 외교관

갑자기 찾아온 기회, 그리고 위기

¶ 새로운 도전을 시작하다.

어느 날부터인지 잘 모르겠으나 갑자기 목이 너무 말랐다. 그러한 갈증은 시간이 갈수록 점점 심해지더니 결국 불면증까지 오고야 말았다. 6시간 정도의 수면 시간 동안 서너 번 정도 물을 찾으러 깨어났으니, 신체적으로나 정신적으로 너무도 고통스러운 시간이었다. 어쩔 수 없어 병원도 가보고 했지만, 업무로 인한 신경성 스트레스 때문이라는 답 외에는 어떠한 해결책도 얻을 수 없었다.

이런 상황 속에서 여름 휴가는 다가왔고, 이번 기회에 제대로 재충전할 요량으로 아내를 설득했다. 생각해 보니 결혼 이후 항상 가족과 함께 휴가를 보냈는데, 한 번쯤은 고독하게 혼자서 여행을 떠나보면 어떨까 하는 생각이 늘 깊게 자리하고 있었다. 많은 고민 끝에 결심을 끝내고 아내에게 조심스럽게 부탁했다. 이번 휴가 기간에는 혼행하고 싶다고. 그런데 아내의 반응은 뜻밖이었다. 흔쾌히 허락해 주는 것이 아닌가. 너무도 고마워 눈물이 날 뻔했다. 아마 최근 컨디션이 좋지 않음을 눈치챈 아내의 특별 배려였을 것이다.

그렇게 혼행은 시작되었다. 준비할 것도 별로 없었다. 배낭여행으로 결정했기 때문이다. 간단히 속옷만 배낭에 챙겨 넣고 무작정 출발했다. 지금까지 태어나서 배낭여행, 그것도 도보로 여행을 했던 경험이 전혀 없었기 때문에, 약간의 설렘과 두려움을 안고 발걸음을 옮겼다. 집에서 나오기 직전 지도 하나를 챙겼다. 진안 용담댐으로 가기로 했다. 그 이유는 지금도 잘 기억나지 않지만, 육지 속의 바다라고 불릴 만큼 큰 용담댐이 가장 먼저 떠올랐기 때문이리라. 또한 용담댐은 상수원이기도 하여 그곳에 가면 고질적인 갈증이 조금이라도 나아지지 않을까 하는 기대도 있었던 것 같다.

인터넷으로 미리 확인해 본 바에 의하면, 전주에서 진안 용담댐까지는 40km 정도가 되었다. 한여름이라 무척 습하고 더웠지만, 구름이 태양을 가려줘서 그럭저럭 걸을 만했다. 많은 생각이 스쳐 지나갔다. 어렸을 때 동네 산등성이에서 친구들과 불장난하던 일, 낭만과 열정이 가득했던 대학 시절, 취업 준비를 위해 신림동 고시원 골방에 갇혀 고민했던 3년여의 세월, 그리고 결혼과 두 아이와의 만남 등. 한편으로는 그래도 잘 살아왔다는 안도감이 들기도 했지만, '그런데 왜 이렇게 갈증이 느껴지는 거지?' 하는 생각도 교차했다.

15km 정도 지나자 다리가 불편해지기 시작했다. 직장에서 마라톤 클럽 활동을 했고, 하프 마라톤도 10번 이상 도전했던 경험이 있어 40km 정도는 가볍게 생각했는데 뛰는 것과는 너무도 달랐다. 발가락도 아팠고, 평소 족저근막염 증상이 있었던 터라 발바닥도 조금씩 당겼다. 아무 생각도 나지 않았다. 오로지 목적지에 도착해야 한다는 생각 외에는 다른 잡념이 끼어들 틈이 없었다. 새끼발가락은 벌겋게 달아올라 있었고, 발바닥을 면도칼로 긁는 것처럼 찌릿찌릿한 고통이 밀려올 즈음 마침내 용담댐에 도착할 수 있었다.

지친 몸을 이끌고 거대한 용담댐을 한동안 넋 놓고 바라보았다. 그 순간 물을 마신 것처럼 입안에서 샘물이 솟아나기 시작했고, 죽을 만큼의 피곤함도 어디로 달아났는지 몸에 생기가 넘쳐나는 것이 아닌가. 그동안의 갈증이 마침내 해소되는 것 같아 무척 반가웠다. 1시간 정도 더 용담댐 주변을 맴돌며 사색에 빠져 있다가, 택시를 타고 나와 읍내에서 하루를 묵었다.

극한의 여행을 마친 후, 한 달 정도는 갈증으로 인한 불면증이 사라진 듯 보였다. 하지만 시간이 가면서 갈증으로 인한 불면증은 다시 시작되었고, 무엇인가 돌파구가 필요하다는 생각에 빠져 한동안 방황했던 기억이 지금도 생생하다. 그러던 어느 날이었다. 사무실에 출근해서 컴퓨터를 켜자 업무망 사이트에 눈에 번쩍 뜨일 만한 글이 올라와 있었다. 총무과에서 올린 공지 사항인데, 외교부와 교류할 인원을 선발한다는 내용이었다. 갑자기 온몸에 전율이 돋았고, 새로운 도전을 해볼 요량으로 총무과에 전화를 걸었다. 총무과 담당자 말로는 공지 내용은 사실이고, 관심 있으면 신청하라고 하였다. 개인적으로 커다란 도전이 될 수 있을 것 같다는 생각이 들었다. 비록 3년이지만 외교관으로 근무할 기회가 생겼다고 생각하니, 한편으로는 흥분이 가슴을 가득 채웠다. 물론 외교부로 가기 위해서는 국가직인 외교직으로 발령받아야 가능했다. 그러려면 일단 다니던 직장은 퇴사 처리하고, 외교부의 특별 채용 절차를 다시 밟아야 했다. 그 점이 약간 꺼림칙하기는 했지만, 그 부분은 마음 편히 받아들이기로 했다.

이때부터 또다시 갈증은 사라졌다. 불면증도 마찬가지였다. 한편으로 너무도 반가웠다. 그동안 그렇게 괴롭혔던 갈증과 불면증의 원인을 찾아냈으니 말이다. 집에서 아내와 아이들에게 동의를 구한 후, 다음 날 총무과에서 외교부 관련 서류를 받아 검토하기 시작했다. 다른 것은 걱정이 없었는데, 외교부에서 요구하는 토익 점수가 조금은 당황스러웠다. 왜냐하면 직장생활 시작 후 10년 이상을 영어와 담을 쌓고 지내왔기 때문이었다.

지금 생각하면 웃픈 일이지만 밤마다 토익 시험을 보는 꿈을 꾸었고, 매번 형편없는 점수 때문에 좌절하다가 잠에서 깨어나곤 했다. 어찌 보면 커다란 위기였다. 토익 성적 여부에 따라 외교부에 갈 수 있느냐, 아니면 예전처럼 그냥 좌절하고 마느냐의 갈림길에 서게 된 것이다.

어린 왕자는 B612를 왜 떠났을까?

어린 왕자가 사는 별은 겨우 집 한 채 정도의 크기에 불과했지만, 그가 혼자서 할 일은 너무도 많았다. 그중 가장 중요하고 번거로운 일은 바오밥 나무의 어린싹을 눈에 보이는 즉시 뽑아버려야 하는 일이었다. 그렇지 않으면, 집 한 채 크기 정도의 작은 별이 바오밥 나무의 뿌리 때문에 산산조각이 날 수도 있기 때문이다. 이는 생존의 문제라 절대 게을리할 수도 없었다. 어린 왕자의 삶은 또한 소박하고 쓸쓸했다. 그가 누릴 수 있는 유일한 즐거움은 해가 지는 모습을 바라보는 것뿐이었다. 게다가 한때는 조그만 행성에서 의자를 물려가며 석양을 마흔세 번이나 보았다고 하니 얼마나 외로웠겠는가? 왕자에게 그날은 특히 슬픈 날이었을 것이다.

그러다가 사건이 일어났다. 어느 날 어디서 왔는지는 모르지만, 조그만 씨앗 하나가 어린 왕자의 행성에서 슬그머니 싹을 틔웠다. 어린 왕자는 혹시 바오밥 나무일 수도 있다는 생각에 조심스레 살펴보고 있었는데, 어느 날 너무도 아름다운 꽃이 피어나는 것이 아닌가. 어린 왕자는 한순간에 그 꽃에 빠져들었다. 그는 마음을 설레게 하는 예쁜 꽃을 위해 신선한 물을 대접하고, 바람막이뿐만 아니라 저녁 추위를 잘 견딜 수 있도록 유리 덮개도 준비해줬다. 하지만 허영심과 교만으로 가득한 그 꽃의 요구는 끊임이 없었고, 반복된 거짓말에 어린 왕자는 점점 지쳐만 갔다. 결국 어린 왕자의 마음속에는 의심과 상처만 가득 차올라 어찌할 바를 모르다가, 아쉬움을 뒤로한 채 그는 B612를 떠난다.

어찌 보면 우리네 삶이 어린 왕자의 삶과 비슷한 것 같다. 학생은 집과 학교 그리고 학원을, 직장인은 집과 일터 그리고 취미 생활을 다람쥐 쳇바퀴처럼 돌고 돌아가는 삶을 살고 있으니 말이다. 가끔은 불타는 용암보다 뜨거운 열정에 빠져들기도 하지만, 시간이 가면서 그것도 점점 시들해져 간다. 물론 이런 삶이 잘못되었다는 것은 아니다. 그렇지만 가끔은 운명처럼 허전함이 밀려들기도 하고, 무엇인가 잘은 모르지만 끝없는 갈증에 괴로운 날을 보내기도 한다. 이러한 생활이 계속 되풀이되면, 그냥 주저앉을 수도 있다. 그러다가 모

갑자기 찾아온 기회, 그리고 위기

든 것을 포기할 수도 있다. 하지만 이럴 때일수록 정신을 바짝 차려야 한다. 한 번 주저앉으면, 한 번 포기하면, 한 번이 두 번으로 끝나지 않기 때문이다.

우리는 살아가면서 지치고 힘들 때마다 주변을 잘 살펴보아야 한다. 인생이란 마법과 같아 늘 고통만 주는 것은 아니다. 신중하게 찾아보면 고통 뒤에 숨어 있는 기회를 발견할 수도 있다. 결국 필요한 것은 선택의 문제다. 엄청난 기회가 기다리고 있음에도 용기가 부족하거나, 결정 장애로 인해 그 기회를 놓치고야 마는 사람들 속에는 '나' 또한 포함된다. 누군가는 말할 것이다. 용기를 내보라고, 도전해 보라고. 또한 반대하는 사람도 있을 것이다. 왜 좋은 직장을 두고 고생길을 가려 하느냐고, 때로는 지금 앉은 자리가 꽃자리라고. 이러한 상황 속에서 우리는 선택을 주저할 수밖에 없다. 어떤 결정을 하든 그 결과에 대한 책임은 온전히 '나'만의 몫이 될 테니까.

이때 필요한 것이 '결단 주머니'가 아닐까 한다. 물론 이러한 '결단 주머니' 속에는 용기와 꿈, 그리고 철저한 준비가 빠지지 않고 모두 담겨 있어야 한다. 이 셋 중 어느 하나가 빠져 버리면 큰 낭패를 볼 수도 있다. 당연히 굳건한 용기와 철저한 준비 속에서 꿈을 찾아 갈 때도 가끔은 변수가 발생한다. 하지만 이런 변수들은 대응이 가능한 영역인 경우가 대부분이다. 그러니 자신을 믿고 주저하지 말고, 주저앉지 말고, 마음속 '결단 주머니'를 단단히 키워 가자. 때로는 무모하게 보일 수도 있겠지만, '나'만의 '결단 주머니'를 믿고, 절대 뒤돌아보지 말고, 그렇게 걸어가 보자.

어린 왕자 또한 그랬을 것이다. 그가 지독히도 사랑하고 있는 꽃과 하나뿐인 고향을 떠나려 할 때 어찌 고민이 없었겠는가. 나는 어린 왕자가 나처럼 또 다른 성장을 위해 B612를 떠났다고 믿고 있다.

우리도 이제는 결정 장애를 뒤로 하고,

어린 왕자처럼 위기를 기회로 삼기 위한 여정을,

한 단계 성장을 위한 여정을,

과감하게 떠나보면 어떨까?

영어가 뭐길래!

¶ 영어의 늪에 빠지다.

영어 때문에 며칠간 고민에 고민을 거듭했다. 외교부에서 제시한 시한(時限) 동안 열심히 하면 되겠지 하는 자신감도 있었지만, 만약 탈락하게 되면 조금은 난처할 것 같다는 생각도 뇌리를 떠나지 않았다. 그렇지만 도전도 해보지 않고 포기한다면 평생 후회 속에서 살수밖에 없을 것 같아, 일단 지르고 보자는 생각으로 출근하자마자 총무과에 신청서를 제출했다.

이제 외교부에 갈 수 있느냐 없느냐의 문제는 토익 성적에 달렸다. 비록 영어에서 손을 뗀 지 10여 년이 흘렀다 해도 최선을 다하면

될 것도 같았다. 다음 날부터 퇴근하자마자 매일 2시간 정도는 '리딩 (reading)' 공부를 하며 옛 기억을 최대한 소환해냈다. 그리고 '리딩'이 끝나면 자는 시간까지, 그리고 아침에 눈 뜨자마자 시작해서 출근 시간 전까지는 영어 방송을 들었다. 언젠가 영어 흘려듣기의 중요성에 대해 들었던 기억이 있어 무작정 따라하기로 했다. 이렇게 한 달 정도 시간이 지난 후, 토익 시험을 치렀다. 결과는 예상대로였다. '리딩' 부분은 생각보다 잘 나와주었으나 '리스닝(Listening)' 점수는 참담했고, 총점 기준으로는 외교부에서 요구하는 점수의 50% 이하였다.

누가 그랬던가? 영어는 섬과 같은 것이라고. 그때의 심정이 딱 그랬다. 어린 나이부터 배워왔던 영어는 여전히 가까이하기엔 너무도 먼 '미지의 섬'으로 남아 있었다. 우리나라 말도 아닌 영어를 능숙하게 말한다는 것은 얼마나 멋진 일인가. 하지만 아무리 노력해도 영어는 늘 곁을 쉽게 내주지 않았다. 단어를 외우는 일은 또 어떠한가? 외우고 또 외워보지만 새로운 단어는 끝이 없고, 그나마 외웠던 단어조차 자고 일어나면 까마득해졌다. 그러다 보면 더 오기가 생겨 영어와의 전쟁에 돌입하곤 했다. 하지만 영어 시험이 시작되면 아주 애간

장이 녹아났다. 특히 시험을 알리는 종소리가 울려 퍼지면 기억상실 증에 걸린 것처럼 머릿속은 하얘지고 말았다.

장미꽃이 소중한 이유는 공들인 시간 때문이다.

★

세상에서 단 하나뿐인 장미꽃의 소중함에 관해 설명하면서, 여우는 어린 왕자에게 간단한 비밀을 말해준다.

"가장 중요한 것은 눈에 보이지 않아."

"네 장미꽃이 그토록 소중한 이유는 그 꽃을 위해 공들인 너의 시간 때문이란다."

어린 왕자는 '가장 중요한 것은 눈에 보이지 않는다. 그리고 내 꽃을 위해 공들인 시간이 있잖아. 나는 장미꽃에 대한 책임이 있어.'라고 말하며, 이를 잊지 않기 위해 되뇌었다.

여우와의 대화를 통해 어린 왕자는 B612 행성에 있는 자신만의 장미꽃이 얼마나 소중한 존재인지 알게 되었다. 그는 떠나오기 전에 장미꽃을 위해 많은 일을 해왔다. 때로는 바람도 막아주고, 갈증도 해소해 주면서 자신도 모르게 장미꽃에 물들어 갔다. 그렇지만, 그 당시에는 그러한 자신의 마음이 사랑이었다는 것을 어린 왕자는 몰랐던 것 같다. 아마도 그 사실을 알았다면 그는 장미꽃을 떠나지 않았을 것이다.

'나는 장미꽃에 대한 책임이 있어.'

비록 책임에 대한 대상은 다를지라도, 어린 왕자의 이 말은 영어 공부를 해야 하는 내 심장 속에도 깊게 각인되었다.

지금까지의 삶을 돌이켜보면 항상 영어와 함께해 왔다. 물론 영어를 자유롭게 구사하는 멋진 모습을 상상하며 그랬을 것이다. 그렇지만 이는 결코 쉬운 일이 아니었다. 중·고등학교와 대학 생활 내내 사들인 영어 회화책만 해도 수십 권은 넘을 것이다. 때로는 영화 대사를 듣고 정리하기를 쉼 없이 반복해 본 적도 있었다. 하지만 결과는 늘 같았고, 작심삼일로 끝난 경우가 대부분이었다.

그 과정에 투입된 조각조각의 시간을 모두 더해 보니, 내 삶에서 가장 많은 시간을 투자한 영역이 바로 영어였다. 그런데도 지금까지 전혀 진척이 없었던 이유는 영어를 진정한 친구로 대하지 않았기 때문이리라. 그저 남들이 하니까, 남들의 그런 모습이 멋져 보이니까, 이런 막연한 생각으로 따라 하다 보니 중도에 포기하게 된 것이다. 그래서 어린 왕자의 심정으로 영어라는 대상을 다시 바라보기로 했다. 냉정하게 생각해 보니 단편적으로 영어와 친해지기를 여러 차례 시도해 왔지만, 진정으로 영어에 공들였던 시간은 그리 많지 않았다는 사실을 알게 되었다.

곰곰이 생각해 보았다. 매일 1시간씩 '리스닝'에 1년간 투자한다면, 어느 정도의 투자 효과가 있을 것인지. 계산해 보니 1년간 '리스닝'에 투자하는 총시간은 360시간이고, 이를 24시간으로 나누면 15일이 되었다. 매일 공부한다고 해도 영어가 잘 늘리지 않는 이유가 여기에 있었다.

결국 '가장 중요한 것은 눈에 보이지 않는다.'라는 말처럼 눈에 보이지 않는 나의 열정이 문제였다. 본격적으로 영어를 사랑해 보기로 했다. 그저 관심 정도가 아니라 열병 수준으로 영어에 빠져보기로 했다. 우선 '리스닝' 기출 문제 파일 수백 개를 듣고 또 반복해서 들었다. 아마 근무 시간과 잠자는 시간 빼고는 이어폰을 계속 귀에 끼워 넣고 살았던 것으로 기억한다. 보름 정도 지나자 귀가 빨갛게 헐어 버렸다. 그래도 통증을 참고 반복을 거듭했다. 그렇게 두 달 정도 지나자 '리스닝' 유형이 어느 정도 귀에 익숙해지기 시작했다. 지금 생각해 보면 중·고등학교 시절이나 신림동 시절에도 이때처럼 절실하게 영어를 짝사랑해본 적은 없었던 것 같다. 잘 때조차 영어 팝송을 틀어놓아야만 잠이 왔을 정도였다. 그렇게 지독하게 '리스닝'에 매달렸지만, 외교부 제출 시한 1개월 전에 치른 시험에서도 기준에 미달하고 말았다. 그나마 다행인 것은 외교부 요구 점수의 95% 수준까지 근접했다는 사실이 한편으로는 위안이 되었다.

고민 끝에 1주일간 휴가를 냈다. 다행히 긴급한 현안도 없었고, 남은 휴가 기간도 어느 정도 남아 있어 휴가를 강행했다. 그때부터 다시 시험을 치를 때까지 잠을 줄였다. 지금 생각해 보니 1주일간 수면 시간이 총 20시간 전후였던 것으로 기억된다. 그 외의 시간에는 식사 시간뿐만 아니라 화장실에서도 오직 '리스닝'에만 매달렸다. 그런 시간은 거의 열병 수준이었다. 그때 난생 처음으로 영어로 꿈도 꾸었다. 영어에 지독하게 빠지게 되면, 꿈도 영어로 꾸게 된다고 외교부 직원들이 해주었던 말이 지금도 생생하다. 다행히 토익 점수는 잘 나왔다. 외교부에서 요구하는 기준을 가뿐히 넘겼을 뿐만 아니라, 오랜만에 꿀잠을 즐길 수도 있었다.

나의 영어에 대한 열병과 같은 사랑은

이렇게 마감될 수 있었다.

이제는 어린 왕자의 손을 잡고,

미지의 섬을 향한 대장정에 나설 일만 남았다.

이방인의 노래

¶ 더부살이 삶이 시작되다.

외교부 근무를 위해서는 국립외교원에서 1개월간의 교육 과정을 마쳐야 했다. 주된 교육 내용은 영어 회화 과정과 기타 외교부 문서 실무 과정(참고로 외교부 문서 시스템은 다른 중앙부처나 지방자치단체가 사용하는 시스템과는 전혀 다른 형식이다), 그리고 기타 소양 교육 과정이었다. 교육생은 15개 광역자치단체에서 각각 1명씩 선발되었기 때문에 총 15명이 교육을 받았다. 그들 중에는 시험 동기도 몇 명 있었지만, 대부분은 초면인 상태였고, 다들 외교부는 처음인지라 약간은 상기된 표정들이었다.

교육 과정을 무사히 마치고 외교부로 첫 출근을 하게 되었다. 외교부 건물 옆에는 조선 시대 외국어 통역과 번역을 담당하던 기관이 있었음을 알리는 '사역원 터'라는 표지석이 있는 것으로 보아 외교부 위치가 참으로 절묘하다는 생각이 들었다. 사무실 직원은 과장 포함해서 일반직만 7명이었던 것으로 기억된다.

처음 만난 과장은 반갑게 맞아주며 직원들을 소개해 주었는데, 모두 다 서기관으로 소개하는 게 아닌가. 김 서기관, 이 서기관, 박 서기관 이런 식이었다. 서기관이면 4급 공무원으로 간부급인데 조금은 이상하다는 생각이 들어, 나중에 과장에게 물어보니 외교부 직제에 대해서 자세히 설명해 주었다. 과장인 본인은 4급이지만 참사관급 서기관에 해당하고, 6급 이하 공무원은 3등 서기관, 5급 공무원은 2등 서기관, 4급 공무원은 1등 서기관으로 부른다는 것이었다. 그렇지만 내부적으로 직함을 부를 때 1등, 2등, 3등 이렇게 부를 수 없어 4급까지는 모두 서기관으로 부른다고 덧붙였다. 이런 직함이 조금 어색하기는 했지만, 외교관 직명에 대한 영어 표현(1st Secretary, 2nd Secretary, 3rd Secretary)을 보니 이해가 되었다. 지금 생각해 봐도 대외관계를 위해서는 어쩔 수 없는 부분인 것 같다.

점심 시간이 되자 조금은 당황스러운 일이 벌어졌다. 업무 인수 인계서를 받아 들고 앞으로 해야 할 일을 검토하다가 시계를 보니 12시가 지나 있었다. 그런데 사무실에 나 빼고는 아무도 없는 게 아닌가. 다른 직원들이 내가 새로 온 것을 잊고, 그냥 식사하러 갔나 보다 하고 생각했다. 어쩔 수 없이 혼자 식당에서 점심을 해결했는데, 그런 일은 매일 반복되었다. 이런 상황이 조금은 이상해서 다른 과로 발령받은 동기생들에게 연락을 취해 보니, 대부분 같은 처지였다. 이전 직장에서는 상상할 수도 없는 일이었다. 적어도 다른 직원들과 삼삼오오 점심을 함께하는 경우가 당연했기 때문이다. 결국 동기생들끼리 서로 연락해서 점심을 함께 해결할 수밖에 없었다.

보름 정도 지난 후, 과 회식 시간에 외교부 점심 문화가 원래 이런 것인지 슬쩍 떠보았다. 그들 말로는 외교부 직원은 온탕(일명 선진국)과 냉탕(일명 후진국), 그리고 외교부 본부 이렇게 3곳을 2~3년 단위로 순환 근무를 하고 있으며, 본부 발령 후에는 주로 점심 시간을 이용해서 그동안 만나지 못했던 사람을 챙긴다고 하였다. 그 말을 들으니 어느 정도 이해가 되었다. 아무튼 혼자 점심을 해결해야 하는 문제는 외교부 근무 6개월 내내 반복되었다.

외교부 직원들은 오랜 해외 생활 속에서 그런 문화가 체화(体化)된 듯 보였다. 이러한 약간의 이질감으로 인해 외교부 본부 생활은 더부살이 6개월이었다는 생각이 지금도 머릿속에서 떠나지 않는다.

사막이 아름다운 것은 그곳에 우물을 감추고 있기 때문이다.

★

사막에서 비행기가 고장 난 지 8일째, 마실 물이 다 떨어지자 비행사는 어린 왕자와 함께 물을 찾으러 나섰다. 방대한 사막 한가운데에서 우물을 찾는 것은 어찌 보면 무모한 일이었지만, "너무 목이 말라. 어서 우물을 찾으러 가."라고 말하는 어린 왕자 때문에 둘은 무작정 떠날 수밖에 없었다.

어린 왕자가 힘에 겨워 털썩 주저앉으면, 비행사는 그의 곁에 앉아 위로해 주었다. 끝없이 펼쳐져 있는 모래 언덕을 바라보던 어린 왕자가 갑자기 "사막은 아름다워."라고 말했다. 그때 비행사는 '사막이 아름다운 것은 그곳에 우물을 감추고 있기 때문이다.'라는 사실을 깨닫게 되었다.

어린 왕자가 피곤함에 지쳐 잠이 들자, 비행사는 그를 안고 다시 걷기 시작했다. 비행사는 가슴이 벅차올랐고, 깨지기 쉬운 보물을 안고 가는 느낌이 들었다. 드디어 기나긴 시간을 헤매다가 도르래가 있는 우물을 발견하게 된다. "아! 물을 마시고 싶어. 어서 물 좀 줘."라고 말하는 어린 왕자에게 물을 건네자, 그는 두 눈을 질끈 감고 물을 마셨다. 이 순간은 축제처럼 달콤한 시간이었고, 이런 어린 왕자의 모습에서 비행사는 행복감을 느꼈다.

이때 어린 왕자는 말했다.
"이 별의 사람들은 때때로 장미꽃을 5천 송이나 가꾸지만, 그들은 진정 자신이 원하는 것을 찾지 못하고 있어. 하지만 잘 생각해 보면 그들이 찾고 있는 것은 단 한 송이의 꽃이나 한 모금의 물에서도 찾을 수 있는데도 말이야."
그러면서 말을 이어갔다.
"그것은 눈으로 찾는 것이 아니야. 마음으로 찾아야만 해."

우리는 타인과의 관계 속에서 이런 일을 수도 없이 경험하며 살아가게 된다. 특히 우리나라 사람은 '우리'라는 집단 의식이 너무도 깊어, 가끔은 나와 관계없는 다른 사람을 헤아리지 못하는 경우가 종

이방인의 노래

종 발생한다. 그렇지만 상황이라는 것은 때때로 역전된다는 사실을 절대 잊지 말아야만 한다.

나 또한 시간이 지나면서 긍정적으로 바라보았던 외교부 문화가 조금씩 흔들리기 시작했다. 당시 외교부에서 자주 들었던 말 중 하나는 외교부에는 라인이 존재한다는 것이었다. 즉 속칭 A 라인, B 라인에 속해 있는 사람들은 주류이고, 그 라인에 속하지 않은 사람들은 외교부 내에서도 비주류에 해당한다고 했다. 물론 그곳도 사람이 사는 세상이니 분명 라인은 존재하고 있었을 것이다. 외교부 내 주류 라인 사람들은 근무지도 냉탕보다는 예외적으로 주로 온탕에 근무하는 특혜를 누리고 있다고 수군거리는 소리도 들려왔다. 실제로 주의 깊게 지켜보았던 서기관도 점심 시간에 외교부 밖보다는 외교부 내 사람을 주로 챙기고 있었다.

어찌 보면 당연한 게 아닌가 하는 생각도 들었다. 외교부 본부에 근무할 때 주요 보직에 있는 사람들을 잘 챙겨야, 다음에 본인이 원하는 근무지로 나갈 확률도 높아질 테니.

이러한 일은 물론 해외에서도 마찬가지였다. 뉴욕 총영사관 근무 당시에도 외교부 출신들은 각자 개인플레이로 점심을 해결했다. 물론 그들은 외교 네트워크 구축 차원에서 현지인들과 오찬을 하는 경우가 많았지만, 그런 공식 일정이 없는 경우에도 마찬가지였다. 결국 나는 비 외교부 출신 직원들과 점심을 함께하는 일이 잦을 수밖에 없었다. 참고로 각 재외공관에는 외교부 출신뿐만 아니라 기재부, 행정안전부 등 타 중앙부처 출신 직원들이 함께 근무하고 있다. 특히 뉴욕 총영사관에는 외교부 출신 직원보다 타 중앙부처 직원 숫자가 2배 이상 많았던 것으로 기억한다.

그 당시에 비 외교부 출신 영사관 직원들이 늘 하던 말이 있다. 외교부 직원들은 뭔지 모르게 정이 가지 않는다고. 그도 그럴 것이 식사 문제뿐만 아니라 정통 외교 관료들은 업무 처리 시에도 개인주의가 철저한 편이다. 그래서 타 부처 출신들은 외교부 출신들과 약간은 소원한 관계를 유지하는 경우가 많았다. 물론 자기 업무만 철저히 하면 된다는 그들의 생각이 잘못된 것은 아니다. 다만 일하다 보면 업무 영역이 명확하게 갈라지지 않는 경우가 종종 발생하는데, 이럴 때마다 외교부 출신들은 철저하게 발을 빼곤 했다. 아마 공관장(총영사)이 외교부 출신이기 때문에 팔은 안으로 굽는다고 생각해서 더 그랬을 것이다. 실제로 보통 이런 상황이 발생하면, 공관장은 외교부 출신 직원들의 손을 들어주는 경우가 허다했다. 이 때문에 한국으로 복귀 후에도 외교부를 철저하게 외면하는 타 부처 직원들이 많다는 것도 공공연한 사실이다. 나 또한 그런 편에 속한다는 사실을 부인하지는 않겠다.

외교부에서 처음 근무하게 되었을 때, 내가 바랬던 것은 어린 왕자의 그것과 크게 다르지 않았다고 생각한다. 어린 왕자에게 단 한 모금의 물이 간절했다면, 아무래도 외교부가 처음이었던 나에게 가장 필요했던 것은 거창한 게 아니라 단지 그들의 작은 관심뿐이었다. 그렇지만 기대는 기대로만 끝나버렸고, 그런 과정이 반복되면서 솔직히 외교부에 대한 부정적 인식을 한동안 떨쳐 버릴 수가 없었다. 물론 내가 먼저 그들에게 다가서기 위한 노력을 해보지 않은 것은 아니었다. 그렇지만 쉽게 속을 내보이지 않는 외교부 직원들의 속성상 그들과 마음을 잇는 관계를 맺지 못하고 외교부를 떠나게 되었다. 하지만 아쉬움은 계속 남아 있었다. 내가 조금 더 진심으로 그들에게 다가섰다면, 상황이 조금은 달라지지 않았을까 하는 그런 아쉬움 말이다.

이러한 경험은 나를 많이 바꿔놓았다.

나는 이제 '사막이 아름다운 것은 그곳에 우물을 감추고 있기 때문이다.'라는 사실을 믿는다.

또한 '서로가 원하는 것을 눈이 아닌, 마음으로 찾아야만 한다.'라는 사실도 가슴 깊이 새기고 있다.

그리고 이러한 진리를 생활 속에서 조금씩 실천해 가며, 외교부를 향한 아쉬움도 툴툴 털어내었다.

나는 지금도 인생이라는 여정 속에서
사막에 감추어진 우물을 계속 찾아 나가고 있다.
어제의 '나'가 아닌, 지금의 '나'는
분명 그 우물을 찾아낼 수 있을 것이라 확신한다.

여풍 당당 외교부

¶ 여성 외교관 생활의 이면

외교부에 들어가서 알게 된 사실 중의 하나는 여성 외교관이 상당히 많이 진출해 있다는 점이다. 이는 외무고시뿐만 아니라, 7급 외무 영사직도 마찬가지였다. 2010년 기준으로 '외무고시' 여성 합격자 비율은 60%에 달했다. 2013년 '외교관 후보자 선발시험'으로 대체된 이후에는 5급 여성 합격자 비율이 70%를 넘긴 해도 있었다. 최근 10년간 여성 합격자 비율은 평균 60% 전후를 꾸준히 기록하고 있을 정도로 이미 외교부는 여풍 당당 시대를 열어가고 있다.

이는 어찌 보면 당연한 결과라고 할 수 있다. 왜냐하면 외교부 업무 특성상 중요한 외국어 능력이 아무래도 여성들에게 유리한 측면이 있기 때문이다. 그동안 여성의 선천적 언어 능력이 남성보다 뛰어나다는 것에 대해서는 학계 등에서 갑론을박이 있었지만, 지난 20여 년간 많은 연구자들이 여러 가지 실험을 통해 '여자아이들이 남자아이들보다 언어를 빠르게 배울 뿐만 아니라, 더 많은 어휘를 빨리 구사한다'라는 점을 증명해 왔다. 물론 외교관 업무를 잘 수행하느냐의 문제는 언어 능력 하나에만 달린 것은 아니다. 하지만 여러 가지 조건이 비슷하다면, 언어 능력이 외교관 업무에서 중요한 부분을 차지한다는 것은 부인할 수 없다.

실제로 뉴욕 총영사관에 부임한 이후에도 여성 외교관의 언어능력이 남성보다 더 탁월하다는 점을 여러 차례 목격하기도 했다. 그렇다고 해서 남성 외교관의 언어 능력이 떨어진다는 것은 아니다. 그들도 외교관으로서 주재국과 업무를 처리하는 데 전혀 지장이 없을 정도로 언어 소통 능력은 뛰어났다. 다만 여기에서 말하고 싶은 것은 여성 외교관이 모두 다 그렇다는 것은 아니지만, 원어민 수준의 외국어를 구사하는 여성이 남성보다는 상대적으로 많았다는 점이다. 이런 부분을 고려해 본다면 외교관이라는 직업에는 여성 참여가 꾸준히 늘어날 수밖에 없을 것으로 보인다.

그렇지만 외교부 내에서 여성 외교관이 차지하는 위상은 낮은 편이다. 예전에는 장기 해외 근무가 반복되는 업무 특성과 위험 지역에도 근무해야 하는 등의 사정으로, 외교관 업무는 남성의 영역으로 여겨졌었다. 이 때문에 현재까지도 고위직에 진출한 여성 외교관은 극소수에 불과하다. 당장 '외교관의 꽃'이라고 하는 공관장(대사나 총영사)만 보더라도 2019년 기준, 164개 공관 중에서 여성 공관장은 단 9명에 불과했다. 물론 2017년의 3명에 비교하면 많이 늘어난 것은 사실이지만, 여전히 고위직은 남성 외교관들의 몫으로 남아 있다.

또한 외교부 내 여성 외교관의 근무 여건도 타 중앙부처보다 열악한 것은 분명하다. 오죽하면 결혼정보업체에서 여성 외교관의 배우자감 순위가 해녀보다도 낮다는 농담까지 돌았겠는가. 5년 정도의 해외 근무와 2년 정도의 국내 근무를 순환해야 하는 외교관이라는 직업을 고려하면, 어느 정도 이해는 된다. 여성 외교관은 해외 근무시 배우자와 떨어져서 사는 경우가 많다는 점도 문제지만, 육아 문제도 큰 부담으로 다가오는 것이 현실일 수밖에 없다. 어떻게 보면 퇴직 시까지 결혼 생활의 2/3 이상을 떨어져서 생활한다고 보면 된다. 물론 남성 배우자가 직업을 갖고 있지 않으면 문제가 되지 않을 것이다. 이러한 문제는 남성 외교관이라고 해서 예외는 아니다. 최근 맞벌이 부부가 늘어나면서 이러한 현상들이 더욱더 두드러지고 있다. 하지만 여성 외교관과 비교해서, 상대적으로 배우자 동반 재외 근무 사례가 많은 남성 외교관의 사정은 조금은 나은 편이다.

뉴욕 총영사관에 근무하던 '외무고시' 출신 여성 외교관의 사례를 들어보겠다. 그녀는 '외무고시' 합격 후 연수 기간이 끝나게 되면 결혼하기가 힘들 것 같아, 남자 동기를 낚아챘다며 함박웃음을 터트린 적이 있었다. 또한 여성 외교관들은 자신처럼 외교부 내에서 배우자를 찾는 경우가 많다는 말도 해주었다. 그러면서 여성 외교관들은 직업을 가진 남자와 결혼하기가 쉽지 않아, 배우자 직업군으로 헬스트레이너나 요리사를 선호한다고 한다. 그 이유는 동반 출국 시 해외에서 배우자의 직업 특성을 살릴 수도 있기 때문이다.

어른들은 자기가 있는 곳에서 언제나 만족하는 법이 없다.

★

어린 왕자는 사막에서 여우와 헤어진 후 철도원을 만난다. 어린 왕자는 기차에 타고 있는 많은 사람이 무엇을 찾으러 달려가고 있는지 물어보았지만, 그는 도통 관심이 없었다. 단지 그는 마치 프로그래밍이 된 기계처럼, 기차가 가는 방향에 따라 사람들을 짐짝처럼 채우기만 할 뿐이었다. 철도원에게 어린 왕자가 "저들은 지금 사는 곳에 만족하지 못해 떠나는 건가요?"라고 묻자, 그는 아무 생각 없이 "어른들은 자기가 있는 곳에서 언제나 만족하는 법이 없다."라고 말한다.

이러한 철도원을 바라보며 어린 왕자는 '자기가 찾고 있는 것이 무엇인지 알고 있는 사람은 아이들밖에 없다'라고 생각한다. 이는 '가장 소중한 것은 항상 가까이 있다는 것을 어른들은 모른다'라는 말일 게다.

어린 왕자는 이곳저곳으로 떠나는 사람들을 보며, 자신이 B612를 떠난 이유를 아이들은 분명히 알 수 있다고 생각했다. 오직 아이들만이 열차 안에서든, 아니면 우주 어느 공간에 있든지 가장 소중한 것이 무엇인지 알 수 있는 존재이니까.

철도원과 어린 왕자의 대화를 보면서 외교부라는 조직에 대해 곱씹어 보았다. 외교부 또한 그곳 직원들에게는 작은 철도역과 같은 존재일 수도 있으니 말이다. 이렇게 본다면 외교부에는 어린 왕자가 말하는 '어른' 뿐만 아니라 '어린이'도 근무하고 있을 것이다. 그렇지만 분명한 것은 '가장 소중한 것은 항상 가까이 있다.'라는 사실을 인식하고 있는 직원은 많지 않을 것이다. 이는 어찌 보면 당연한 일이다. 외교부 직원 또한 그냥 보통의 사람일 테니, 현재 자신이 있는 곳에 만족하지 못하고 무언가를 항상 찾아 헤매지 않겠는가. 그렇다고 이를 이기심으로 보면 안 된다. 우리 또한 어쩔 수 없이 그런 존재일 테니.

나는 외교부가 어린 왕자에 나오는 철도원과 같은 존재라고 생각한다. 외교부가 그 철도원처럼 승객들이 어디로 가는지 무관심하고, 단지 기계처럼 예전에 늘 해오던 일을 아무 생각 없이 반복하게 된다면, 외교부 직원들의 행복은 보장될 수 없을 것이다. 우리는 잘 알고 있다. 조직 내 구성원들이 불행하면, 그 조직의 서비스 또한 불행한 결과를 가져오게 된다는 것을. 그래서 필요한 것이 '아이들의 마음'이 아닐까 한다.

특히나 외교부 내에서 소수이고, 여러 가지 여건상 불리한 위치에 있는 여성 외교관을 '아이의 마음'으로 바라봐 주었으면 한다. 물론 특별한 대우를 해주라는 말은 아니다. 여성 외교관들 또한 그런 대우를 원치는 않을 것이다. 다만 알게 모르게 외교부 내부에 드리워져 있는 '유리천장'만이라도 없애자는 것이다. 이 경우 '같은 것은 같게, 다른 것은 다르게 대우해야 한다.'라는 아리스토텔레스의 '정의론'이 참고가 될 만하다고 생각한다. 남성과 여성이 같은 외교관 직업을 가지고 있다 하더라도, 이들의 상황은 분명히 다르다. 어린 왕자가 말한 '아이의 마음'으로 세심하게 살펴본다면, 정답은 아니더라도 적절한 해결책은 분명히 나올 수 있을 것이다.

다행스러운 것은 정부 부처에서는 처음으로
외교부에서 '일/가정 양립 고충 심의위원회'를 구성하고,
각종 제도를 보완해 나가고 있다고 하니 내일은 더 나아지리라 기대해 본다.

뉴욕행 험난한 여정

¶ 오직, 뉴욕!

외교부에서 일을 시작하고 4월이 되었을 무렵이었다. 이때부터 본격적으로 해외 근무지 결정을 위한 힘겨루기가 시작되었다. 여기에는 두 가지 변수가 있었다. 우선 동기생 간 관계 정리가 필요했고, 그다음으로는 외교부 인사팀과의 협의가 기다리고 있었다. 지금 생각해도 그때만큼 치열하게 눈치 싸움을 벌인 기억은 없었다.

동기생끼리의 결정은 의외로 쉽게 정리되었다. 대부분 미국을 선호할 것으로 생각했지만, 미국에서 유학 생활을 한 동기생들은 의외로 새로운 경험을 원하는 경우가 많았다. 그래서 나름 동기생 회의를 열어 미주, 아시아, 유럽 등으로 자연스럽게 정리해 버렸다. 문제는 미주 지역을 원하는 동기생들끼리의 관계 정리였다. 개인적으로는 외교부에 들어오기 전부터 세계 최대 도시인 뉴욕으로 결심한 터라, 동기생 중 누군가와는 경쟁할 수밖에 없겠다는 생각은 항상 가지고 있었다. 그런데 의외의 반전이 기다리고 있었다. 누구도 뉴욕을 선택하지 않은 것이다. 지금도 동기생들이 왜 그런 선택을 했는지 궁금하기만 하다.

이제 장애물 하나만 더 넘으면 뉴욕행을 확정 지을 수 있었다. 하지만 인사팀과 협의를 마친 후 실망을 감출 수 없었다. 일본, 말레이시아, 태국, 중국, 유럽 등을 염두에 두었던 동기생들은 쉽게 정리되었다. 문제는 미국을 원하는 동기생들이었다. 인사팀에서는 미국은 어려울 것 같으니 다른 나라를 찾아보는 것이 좋겠다는 제안을 해 왔다. 당연히 반발은 클 수밖에 없었고, 나는 꼭 뉴욕으로 보내 달라고 간곡하게 요청했다. 그러나 협상은 결렬되었고, 며칠 후 인사팀에서 필리핀으로 가면 어떻겠냐는 제안이 별도로 내려왔다. 나는 외교부와 행정안전부 그리고 광역자치단체 간에 체결된 협약서를 내밀면서, 한 번 더 검토해달라고 부탁했다. 왜냐하면 외교부에 오기 전에 체결된 협약서에는 선진국으로 보낸다는 내용이 분명히 들어 있었기 때문이다. 그런데 인사팀 반응은 의외였다. 도리어 나에게 묻는 것이 아닌가. 김 서기관이 생각하는 선진국 기준이 무엇이냐고. 자기들이 보기에는 필리핀도 선진국으로 분류할 수 있다는 것이었다. 어이가 없어 단호하게 필리핀을 거부하고, 상황이 이럴 바에는 차라리 원래 소속기관으로 복귀하겠다고 선언했다. 그렇지만 그들의 생각은 변함이 없었다.

이건 상자야. 네가 원하는 양은 이 안에 있어.

★

비행기가 고장 나 사하라 사막에 불시착하게 된 비행사는 잠을 자다가 깜짝 놀라게 된다. 눈을 비비고 보니 이상하게 생긴 아이가 진지한 얼굴로 "양 한 마리만 그려 줘!"라고 말하는 것이 아닌가. 비행사는 간신히 마음을 진정시키고 "넌 여기서 무엇을 하는 거니?"라고 말해 보지만, 그 아이는 여전히 "부탁해. 양 한 마리만 그려 줘."라고 말할 뿐이었다. 그는 어이가 없어 그림을 그릴 줄 모

뉴욕행 험난한 여정

른다고 말했지만, 이번에도 "괜찮아. 양 한 마리만 그려 주면 돼." 라는 말만 되돌아왔다.

어쩔 수 없이 그가 그릴 줄 아는 보아뱀 그림을 그려 주었더니, "아니! 아니! 코끼리를 삼킨 보아뱀은 필요 없어. 보아뱀은 너무 위험해. 나는 양이 필요해. 양을 그려줘."라고 말하는 것이었다. 깜짝 놀란 그는 양을 다시 여러 번 그려 주었다. 그렇지만 아이는 "싫어! 이 양은 병들었어. 다른 거로 그려 줘.", "이건 양이 아니고 염소야. 잘 봐. 뿔이 있잖아.", "이건 너무 나이가 많아. 난 오래 살 수 있는 양이 필요하단 말이야."라고 말하며 매번 다시 그려달라고 요구했다.

결국 지친 비행사는 대충 쓱쓱 그려 던져주며 "이건 상자다. 네가 원하는 양은 이 안에 있어."라고 말했다. 그런데 놀랍게도 아이의 얼굴이 환해지더니 "바로 이거야! 내가 갖고 싶었던 거야!"라며 웃는 것이 아닌가.

비행사와 어린 왕자의 소중한 관계는 이렇게 시작되었다.

지금 생각해 봐도 '필리핀도 선진국으로 분류할 수 있다.'라는 외교부 인사팀의 말이 잊히지 않는다. 물론 선진국 기준은 때에 따라 여러 가지가 있을 수 있다. 하지만 나뿐만 아니라 보통 사람들이 생각하는 기준으로는 그렇지 않다고 생각한다. 비행사와 어린 왕자가 처음 만났을 때의 상황처럼, 나는 선진국이라는 양을 그려달라고 외교부 인사팀에 요구했었다. 그렇지만 그들은 계속해서 나에게 다른 선택을 강요했다. 한마디로 기관 간 체결된 협약서는 휴지 조각으로 전락될 위기에 처해버렸다.

원래부터 내가 뉴욕만 고집했던 것은 아니다. 당연히 뉴욕이 1순위이긴 했지만, 협상하는 과정에서 뉴욕 외에도 적당한 미국 도시를 제시한다면 받아들일 생각이었다. 처음부터 어린 왕자를 만난 비행사처럼 '양이 들어 있는 상자'를 그려 내게 던져주었다면, 외교부 인사팀이나 내가 모두 만족하는 결과가 도출되었을 것이다. 그렇지만 그들은 내게 그러한 상자를 주지 않았다. 결국 남은 것은 결단뿐이었다.

어쩔 수 없이 며칠간 고민 끝에 짐을 챙겨 전주로 내려왔다. 사전에 인사팀에 통보했음은 물론이다. 그렇지만 그들은 정말 내가 전주로 내려가리라고는 생각하지 않았던 것 같다. 전주에 내려온 후 3일 정도 지나자 인사팀에서 연락이 왔다. 외교부로 빨리 올라오라는 것이었다. 물론 다시 검토해 보자는 말도 덧붙였다. 그렇게 외교부로 복귀하자마자, 그들은 미국 시카고를 검토해 보자는 의견을 주었다. 나는 그것 역시 거부했다. 이미 마음속에는 반드시 뉴욕에 가야겠다는 생각이 더욱더 확고해졌기 때문이다. 그렇게 일주일 정도 더 줄다리기 끝에 결국 뉴욕행이 결정되었다.

외교관은 말로 먹고사는 직업이라는 점을 이때부터 깨닫기 시작했다. 외교관 업무의 상당 부분은 협상이 주 업무이기 때문에, 말의 중요성이 그 어느 조직보다도 크다고 할 수 있다. 방송이나 언론을 통해서 외교관들이 발언하는 것을 보면 느낄 수 있을 것이다. 명명백백한 것 외에는 말이 분명하지 않다는 것을. 이는 어쩔 수 없는 부분이라고 지금도 생각한다. 협상에는 언제나 상대방이 있어 외교관들은 자신의 본심을 늘 감추고 협상에 임한다. 그리고 양쪽이 모두 그런 생각을 하고 있으면, 결국에는 둘 다 손해 보지 않는 길로 가게 된다. 물론 협상에 있어 한쪽이 절대적인 힘을 가지고 있다면 어쩔 수 없이 약자가 끌려갈 수밖에 없다. 그렇지만 대부분 외교 현장에서는 양쪽 모두를 만족시키는 방안을 찾아낸다. 결과적으로 나는 초보 외교관 신분에서 인사팀과의 협상을 성공적으로 마무리지었다고 할 수 있다.

어쩌다 외교관의 미국 뉴욕행은 이렇게 시작되었다. 물론 외교부와 내가 모두 만족하는 방향으로 결정된 것은 아니지만, 여러 가지 어려운 여건에도 불구하고 미국 뉴욕행을 허락해 준 외교부에 지금도 감사한 마음을 가지고 있다.

그 이후부터 내 스마트폰의 배경 화면에는
'양이 들어 있는 상자' 그림이 차지하고 있다.
물론 외교부에서 있었던 일을 잊지 않기 위해서다.
그리고 가끔 생각한다.
어린 왕자가 상자 속에 있던 양을 잘 키우고 있는지.

2부 어서 와! 미국은 처음이지?

처음부터 가시밭길

¶ 우리 그냥 함께하게 해 주세요!

모든 일은 일사천리로 진행되었다. 먼저 항공편 예약과 미국에서 사용할 달러를 준비(이 부분은 농협에서 도와주어 상대적으로 좋은 환율로 환전할 수 있었다)했다. 다음으로 외교관 여권 4개(외교관 본인뿐만 아니라 가족도 외교관 여권 발급 대상이다)를 발급받은 후, 주한 미국 대사관에서 비자 발급 인터뷰까지 마쳤다.

이제는 출국할 일만 남았다. 그런데 갑자기 문제가 발생했다. 출국 준비를 하는 과정에서 확인해 보니, 아내 회사에 동반 휴직 규정이 없어 가족이 함께 출국할 수 없는 상황이었다. 물론 아내가 사표를 내면 함께 출국할 수도 있었지만, 아내는 그렇게까지 하며 미국에 가고 싶지 않다고 말했다. 나 또한 아내 생각과 같았다. 하지만 아무리 생각해도 이해가 가지 않았다. 아내는 누구나 이름만 들어도 알 만한 ○○공사에 다니고 있었는데, 어떻게 이런 회사조차 동반 휴직 규정을 마련해 놓지 않았단 말인가. 더구나 유급도 아니고 무급 휴직인데도 그러했다.

출국 시까지 여러 가지 노력을 했음에도 문제는 쉽게 해결되지 않았다. 회사 내부 규정을 개정해야 하는 문제였기 때문에 시간이 상당히 소요될 것으로 보였다. 물론 그마저도 불가능할 수도 있는 일이었다. 많은 시간을 고민해도 답을 쉽게 찾을 수가 없었다. 물론 답은 둘 중 하나다. 나 혼자 먼저 떠나는 방법과 아내 회사에서 내부 규정을 개정할 때까지 기다리는 방법 말이다. 참으로 난감한 문제였다.

망설이지 마. 이미 떠나기로 한 거, 어서 가!

★

B612 행성에서 장미꽃이 화사하게 피어났을 때부터 어린 왕자의 속마음은 늘 감탄 그 자체였다. 그렇지만 점점 장미꽃의 허영심과 지속적인 요구에 지쳐가면서, 결국 고향을 떠날 결심까지 하게 된다. 어린 왕자와 장미꽃은 당시에 너무도 어렸던 것 같다. 아마도 분명 서로에 대한 사랑의 감정이 있었음에도, 그것이 무엇인지 정확히 몰랐던 것으로 보인다.

장미꽃은 어린 왕자와 헤어지면서 냉정하게 말한다.

"난 너를 사랑했어. 정말이야. 넌 그걸 전혀 눈치채지 못했지. 다 내 잘못이야. 그렇지만 별로 중요한 것은 아니야. 하지만 너도 나만큼이나 어리석었지. 부디 행복하길 바랄게. 그 덮개는 그냥 내버려 둬. 이제 더는 필요 없어." 그리고 또 말을 이어갔다.
"그렇게 망설이지 마. 짜증 난단 말이야. 이미 떠나기로 한 거, 어서 가."

이런 말을 들은 어린 왕자는 제대로 된 작별 인사조차 하지 못하고, 결국 장미꽃을 뒤로한 채 고향을 떠나게 된다. 그 후, 여러 소행성과 지구를 여행한 끝에 아프리카 사막에서 오천 송이나 되는 장미꽃을 보고 어린 왕자는 깜짝 놀란다. B612 행성에 있는 장미꽃이 유일한 것이 아니었으니 놀랄 만도 했을 것이다. 그렇지만 시간이 지나면서 어린 왕자는 B612에 있는 장미꽃만이 자신과 관계를 맺은 유일한 존재라는 점과 그 당시의 감정이 사랑이었다는 것을 깨닫게 된다.

어린 왕자가 장미꽃을 떠날 때와 내가 미국으로 떠날 때의 상황이 조금은 유사하다는 생각이 든다. 하지만 당시에는 아쉽게도 그런 생각을 하지 못했다. 아마 그때 장미꽃의 마음을 조금이라도 가슴속에 새기고 있었다면, 어쩌면 다른 결정을 하지 않았을까 하는 아쉬움도 남아 있다.

어쨌든 그때만큼 부부 생활에서 고민이 많았던 시간은 없었던 것 같다. 마지막으로 검토해 볼 수 있었던 것은 아내의 '자기 계발 휴직' 1년을 활용하는 방안이었다. 그렇지만 이것 또한 문제가 있었다. 일단 1년 예정으로 출국 후 나중에 '배우자 동반 휴직' 규정이 준비되면, 나머지 기간을 연장하는 안이었다. 그렇지만 그것 또한 확실한 것은 아니었기에 고민은 더욱더 깊어갔다. 최악의 경우 1년의 휴직 기간이 끝나면, 나와 아이들을 남기고 아내 혼자 귀국해야 할 수도 있었기 때문이다. 미국에서 생활해 보면 알겠지만, 홀로 직장생활을 하면서 아이들을 돌보는 문제가 그리 쉽지는 않은 편이다. 예를 들어 방과 후 학교 통학 버스는 아이들을 받아줄 부모가 기다리고 있지 않으면 그냥 학교로 돌아가 버린다. 그러면 어쩔 수 없이 부모는 학교까지 가서 아이들을 집으로 데려와야 한다. 이런 상황들은 선택의 여지를 더욱더 어렵게 만들었다. 아이들을 위한 보모를 두는 방안도 검토해 보았다. 그렇지만 한국과는 비교할 수 없을 정도로 높은 인건비 때문에 선택지로 삼을 수도 없는 노릇이었다.

물론 '배우자 동반 휴직' 규정이 마련될 때까지 내가 기다리는 방법도 있었다. 하지만 그 또한 쉽지 않은 일이었다. 외교부에서는 공적으로 발령을 내야 하는 상황이었고, 아내 회사에서 관련 규정을 마련한다는 보장도 없는 상황이라 무작정 기다릴 수도 없었다. 그래서 조심스럽게 아내를 설득했다. 우선 내가 먼저 출국하면 어떻겠냐고. 그리고 문제 해결 후 합류하면 되지 않겠느냐고. 물론 다른 방법이 없다면 해외 근무 기간이 끝나기 1년 전에 '자기 계발 휴직' 과정으로 아내가 합류하는 방안도 염두에 두고 있었다.

아내는 며칠만 시간을 달라고 했다. 그렇게 기나긴 기다림은 시작되었다. 10일 정도 시간이 흐른 후에 아내는 힘없이 입을 열었다.

"당신 먼저 떠나. 내가 어떻게든 회사에서 노력해 볼게. 그래도 결과가 시원치 않으면, 당신 임기 중 마지막 1년을 함께하는 것으로 하자."

"그래도 괜찮겠어? 내가 6개월 정도 더 국내에 머물면서 기다려 볼까?"

어찌 보면 마음에 없는 얘기일 수도 있었다. 기다린다고 반드시 좋은 결과가 나오는 상황도 아니었으니깐.

"그냥 먼저 가. 난 괜찮아. 내가 회사에서 노조 생활을 했잖아. 그러니 노조와 함께 힘을 써볼게."

아내 또한 어쩔 수 없는 상황이라는 것을 짐작하고 있었기 때문에 체념한 듯 오히려 날 달랬다.

"알았어. 그럼 내가 먼저 가서 다 준비해 놓을게. 그럼 당신과 아이들은 미국에 오자마자 큰 불편 없이 바로 정착할 수 있을 거야."

난 이렇게 아내의 마음을 받아들였다. 아니, 받아들이고 싶었다.

"그래. 그러면 되겠다. 근데 기왕 갈 거면 하루라도 앞당겨서 나 갔으면 좋겠어. 최대한 빨리 나가."

아내는 조금 큰 목소리로 나를 독려했다.

지금 생각해 봐도 답답한 순간이었다. 마음 같아서는 그냥 아내 문제가 해결될 때까지 주저앉고 싶었지만, 예측 불가능한 상황에서 무작정 기다릴 수도 없는 노릇이었으니 말이다. 어쩔 수 없이 아내와 아이들을 뒤로한 채 혼자서 뉴욕으로 출발했다. 다행스럽게도 6개월 뒤에 아내 회사에 동반 휴직 규정이 마련되어 모든 가족이 미국에서 만날 수 있게 되었다. 그렇지만 미국에서 혼자 지낸 6개월은 지금도 내 인생에 있어 가장 길었던 시간으로 남아 있다.

요즘도 가끔 생각난다. 인천공항까지 배웅하러 나온 아내와 아이들의 아쉬운 표정이 아직도 잊히지 않는다. 아내는 그때도 재촉했다. 혹시 비행기 시간에 늦을 수도 있으니 빨리 게이트 안으로 들어가라고. 그럴 때마다 머뭇거리며 조금 더 기다려도 된다고 말해 봤지만, 독촉은 더 심해졌다. 아내는 내 눈을 쳐다보지도 않고, 먼 허공만 바라보았다. 그때 '아내의 심정이 말과는 다를 수도 있겠구나' 하는 생각이 스쳐 지나갔다. 불가피한 상황 속에서 나에게 먼저 출국하라고 하였지만, 아내의 마음속에는 내가 조금 더 기다려줬으면 하는 생각이 있었던 것 같다. 그렇지만 당시에는 어쩔 수 없는 선택이라고 생각했다.

시간이 지나고 나서 생각해 보니 어린 왕자가 B612 행성을 떠날 때, "그렇게 망설이지 마. 짜증 난단 말이야. 이미 떠나기로 한 거, 어서 가."라고 말하던 장미꽃의 마음이 더 애절하게 다가온다. 아내 마음 또한 그랬을 것이다. 다만 부부라는 특수성 때문에 "기왕 떠날 거 빨리 떠나."라고 돌려서 표현했을 것이다. 사랑에는 감정과 기술이 필요하다는 것을 그때는 몰랐다. 사랑한다는 것은 모든 것을 함께하겠다는 약속이고, 이를 책임지는 것이 결혼이라는 것도 당시에는 깊게 생각하지 못했다. 그렇게 어린 나이가 아니었음에도 너무 '나'만을 생각했던 당시의 상황을 떠올리면 지금도 얼굴이 화끈거린다. 당시의 경험은 살아가면서 많은 반성의 기회를 제공했다. 아내뿐만 아니라 다른 사람과 대화할 때도 '그들의 속마음이 과연 지금 말하는 것과 같은 것일까?' 하고 한 번 더 생각하게 되었다.

가끔 공항에서 공허하게 먼 하늘만 바라보던 아내의 모습을 떠올릴 때면,

어린 왕자를 다그치던 장미꽃의 마음이 애절하게 다가온다.

그리고 밤이 되면 먼 하늘을 바라본다.

그럴 때마다 어린 왕자와 행복하게 사는 장미꽃의 웃음소리가 귓가를 맴돈다.

부디 행복하세요, 장미꽃이여!

다시는 떠나지 마세요, 어린 왕자여!

낯설지만, 무료하지 않은

¶ 호텔에서 뉴욕 생활을 시작하다.

13시간 정도의 비행을 마치고, 무사히 뉴욕 JFK 공항에 도착했다. 우리나라 공항도 복잡하기는 하지만, 뉴욕 JFK 공항은 낯설다보니 더 복잡해 보였다. 입국 심사대를 통과하고 짐을 찾아 밖으로나오기까지는 1시간 정도 소요된 것 같다. 입국장 밖에는 미리 약속한 총영사관의 총무 영사가 기다리고 있었다. 그는 오랫동안 기다리느라 지친 듯 보였으나, 그래도 반갑게 맞아주었다.

드디어 영사관에서 준비한 차량으로 맨해튼으로 이동했다. JFK 공항에서 영사관까지는 1시간 정도 소요되었는데, 긴장이 풀려서 그런지 잠시 잠이 들었다가 맨해튼 한복판에 도착했을 즈음에 깨어났다. 그동안 영화 속에서만 봐왔던 맨해튼 시내가 눈앞에 펼쳐졌다. 차가 멈출 때마다 창문을 열고 살펴본 맨해튼에 대한 첫인상은 조금은 실망스러웠다. 건물 스카이라인은 예상대로 인상적이었지만 오래된 건물이 많았고, 도로 노면 상태가 어찌나 울퉁불퉁하던지 차가 계속 덜컹거렸다. 게다가 노면 갓길에는 근처 식당가에서 흘러나온 하수(下水)가 고여 있어 일부 지역에서는 냄새가 고약하기까지 했다. 이때 처음으로 느꼈다. 우리나라 도시의 도로나 하수 시설 관리가 얼마나 선진적으로 관리되고 있는지를. 하지만 뉴욕 맨해튼의 경우는 1800년대 말부터 이미 빌딩 숲이 형성되어 있었다. 또한 마차를 타던 당시부터 교통 체증으로 유명했던 지역이니, 그리 오래되지 않은 우리나라 도시와의 단순 비교는 타당하지 않을 것이다.

그렇게 숙소에 도착하여 짐을 풀고 뉴욕에서의 첫 밤을 보낼 수 있었다. 뉴욕과의 첫 만남이라 이곳저곳 둘러보고 싶은 생각도 있었지만, 무사히 도착했다는 안도감 때문인지 침대에 눕자마자 잠이 들어버렸다.

낯설지만, 무료하지 않은

★

어린 왕자는 허영심이 가득한 남자가 사는 별에 도착했다. 이때 허영심 많은 남자는 그에게 다가오는 어린 왕자를 보고, "아! 나를 찬양하는 사람이 찾아왔구나!"라고 소리를 질렀다. 어린 왕자는 그 남자를 보며 '모든 사람이 그를 우러러보고 있다고 착각하고 있구나.' 하고 생각했다.

그러면서 그 남자에게 이상한 모자를 쓰고 있는 이유를 묻자, 그는 답례를 위한 모자라고 말했다. 어린 왕자는 도무지 이해할 수가 없었다. 더 이상한 것은 그 남자는 어린 왕자에게 손뼉을 쳐보라고 하는 게 아닌가. 어린 왕자가 어리둥절하며 손뼉을 치자, 그는 모자를 벗어 올리며 점잖게 인사를 했다. 이러한 상황이 너무도 재미있어 어린 왕자는 계속 손뼉을 쳤고, 그는 그때마다 인사를 끊임없이 반복했다.

그에게 어린 왕자의 다른 말들은 전혀 들리지 않았다. 오로지 칭찬하는 말만 그의 귀에 들어왔다. 그러면서 그는 말했다.
"내가 이 별에서 제일 잘 생겼고, 가장 멋쟁이일 뿐만 아니라 가장 부자야. 그리고 가장 똑똑하기도 하지."

그러면서 그는 어린 왕자를 계속 졸랐다.

"나를 좀 기쁘게 해 줘. 나를 칭찬해 달란 말이야."

어린 왕자는 마지못해 그에 맞춰주었고, "어른들은 참 이상하군." 하면서 그 별을 떠났다.

호텔에서 머문 기간은 대략 1개월 정도였다. 외교관들은 해외에서 거주할 집을 구할 때까지 최대 2개월 정도까지 호텔에서 머물 수 있다. 나도 호텔에서 영사관으로 출퇴근하면서 주말에는 집을 구하러 뉴저지 쪽을 돌아다녔다. 뉴욕 지역은 감당하기 힘들 정도로 집값이 높기 때문이었다. 1개월 정도 탐색 끝에 뉴저지의 Englewood Cliffs에 집을 구한 후, 호텔 생활을 청산했다.

겉으로 보기에는 호텔 생활이 편할 것 같지만, 1개월 정도 호텔에서 지내다 보면 불편한 것도 많고, 어느 정도 지겨워지기 마련이다. 처음 보름 정도는 지낼 만했다. 퇴근 후, 틈틈이 맨해튼 구석구석을 누비는 재미가 쏠쏠했기 때문이다. 하지만 시간이 지나자 호텔 생활이 점점 무료해지기 시작했다. 다행스럽게도 호텔 장기 투숙객들

낯설지만, 무료하지 않은

과 자연스럽게 교류하게 되면서 조금씩 무료함을 달랠 수 있었다. 물론 내가 원해서 그런 것은 아니지만, 호텔에서 자주 접촉하다 보니 그렇게 되었다. 보통 해외에 나가면 우리나라 사람들은 말이 적은 편이다. 나 또한 그랬다. 그렇지만 서양인들은 성격적으로 말을 하지 않고는 살기가 어려운가 보다. 내가 가만히 있어도 그들이 먼저 말을 걸어오기 일쑤였다.

그렇게 여러 부류의 사람을 만나게 되었다. 그 과정에서 사람에 대해 많은 것을 보고 느낄 수 있었다.

제일 처음 접한 사람은 아프리카 출신 흑인이었는데, 그는 대화를 나눌 때마다 굵은 금목걸이와 에메랄드빛이 나는 롤렉스 시계를 자랑하듯 어루만지곤 했다. 아마도 자신의 배경을 강조하려는 것 같다는 생각이 들었다. 그는 호탕한 얼굴을 가지고 있었지만, 한편으로는 무엇인가를 숨기고 있다는 표정도 느낄 수 있었다. 그를 만날 때마다 나는 주로 듣는 편이었고, 그는 자신에 대해 말하는 것을 즐기는 편이었다. 3번 정도 만났을 때, 그는 심각한 표정을 지으며 비밀 하나를 말해 주겠다며 커피숍으로 나를 안내했다. 그런데 그는 작은 목소리로 자기가 왕자 신분이라고 말을 꺼내는 게 아닌가. 비록 맨해튼에 있는 작은 호텔에서 기거하고 있지만, 그는 아프리카에 있는 자기 부족 중에서 왕위 계승 서열 1위라고 말해 주었다. 다만 지금은 동생에게 서열 1위 자리를 잠시 맡기고, 미국을 여행하고 있다는 것이었다. 그 이후로도 그는 자신과 같은 왕족을 만나게 된 것을 영광으로 생각하라며 자주 거들먹거렸다. 물론 한국이 선진국이라는 사실은 그도 잘 알고 있었지만, 그는 왕족이기 때문에 별로 부럽지 않다고도 했다. 그러면서 나중에 아프리카에 올 기회가 있으면 왕궁을 보여주겠다며 나에게 이메일도 알려줬다. 지금도 그 사람의 얼굴이 생생하다. 왜냐하면 함께 차를 마실 때마다 매번 내가 계산했기 때문이다. 그는 도통 계산하는 법이 없었다. 그럴 때마다 여러 가지 의심은 들었지만, 내게 별다른 피해가 없었기 때문에 그냥 편한 관계를 유지했다.

다음으로 자주 만난 사람은 이스라엘 사람이었다. 그는 수염이 무척 길었으며, 랍비 모자 같은 것을 쓰고 있어 누가 봐도 유대인처럼 보였다. 그는 항상 무언가 쫓기는 듯한 표정으로 두리번거리면서 나와 대화를 나누곤 했다. 약간 불안 장애 증상이 있는 것처럼 보이

기도 했다. 모든 것이 궁금해서 조심스럽게 '왜 그렇게 불안해하냐?'
라고 물어볼 수밖에 없었다. 그런데 그 또한 무서운 비밀을 가지고
있다는 것이 아닌가. 그는 자신의 비밀에 대해 침묵으로 일관하다가,
내가 집을 구해서 곧 호텔을 떠날 것이라고 하자 결국은 입을 열었
다. 원래 그는 자원 개발 탐험가인데, 지난 20여 년간 탐험 끝에 사
막에서 세계 최대 규모의 다이아몬드 광산을 찾아냈다는 것이었다.
그런데 그를 해하려는 사람들이 갑자기 나타나 급하게 미국으로 도
피한 것이라고 귀띔했다. 그 사람들은 다름 아닌 '자원 마피아'였다고
했다. 그는 자기가 찾아낸 광산이 공개되면, 세계 다이아몬드 시장이
일시에 붕괴될 우려가 있어 그랬을 것이라고 덧붙였다. 다행스럽게
도 최근에 미국 자원 개발 회사와 공동 발굴 협약을 맺었다며, MOU
서류를 내게 보여주며 그는 어깨를 으쓱거렸다. 아직도 거만하게 뒤
로 젖히고 있던 그의 모습이 생생하다.

물론 내가 이들의 말을 모두 믿은 건 아니었다. 나 또한 그들에
게 외교관 신분이라는 것을 숨겼고, 우리나라에 관해 약간의 과장을
섞어서 말을 하기도 했다. 누구나 해외에 나가면 애국자가 된다는 말

이 있듯이, 한국을 좋게 포장해서 말하는 게 대한민국 국민의 도리라고 생각했다. 그렇지만 터무니없는 말은 하지 않았다. 나중에 알게된 사실이지만(우연히 호텔 매니저가 하는 말을 듣고 알았다), 왕자라고 소개한그 사람은 아프리카와 미국을 오가는 보따리 장사치였다. 이스라엘사람에 대한 정보는 들은 바가 없었지만, 10여 년이 흐른 지금까지그가 말한 광산에 대한 발표가 없는 것을 보면 그 또한 허풍쟁이였을가능성이 크다.

우리는 대부분 어느 정도는 마음속에 허영심이라는 것을 품고살아간다. 이는 인간인 이상 어쩔 수 없는 부분인 것 같다. 그렇지만도가 지나치면 둔한 사람을 제외하고는 대부분 눈치를 챌 수밖에 없다. 나 또한 왕자라는 사람과 이스라엘 사람에 관해 허영심이 가득한사람들일 거라는 생각은 하고 있었다. 다만 그들이 내게 특별히 손해를 끼친 것도 없었고, 무료한 시간을 함께 보내 주었기 때문에 지금은 재밌는 추억 정도로만 간직하고 있다.

어린 왕자는 허영심 많은 남자가 사는 행성을 떠나면서 생각한다.
'어른들은 참 이상하군.'

아직 아이인 어린 왕자의 눈에도 어른들의 허영심과 허풍은 보였다. 우리네 삶도 결코 이러한 상황에서 벗어날 수는 없는 것 같다. 특히 스마트폰과 함께 나타난 SNS 전성 시대에는 더욱더 그런 것 같다. 왜냐하면 가상공간에서 늘 잘 보이기 위해, 관심과 칭찬을 받기 위해, 어쩌면 상대적 우월감을 느끼기 위해 허영심과 허풍을 양념처럼 뿌리는 사람이 많기 때문이다. 그렇지만 진실이라는 것은 늘 밝혀지기 마련이고, 이러한 상황이 복잡하게 얽히면 정신적으로 엄청난 정체성의 위기를 겪을 수도 있다.

독일 철학자 '쇼펜하우어(Arthur Schopenhauer)'는 다음과 같이 말했다.

'허영심이 많으면 자신을 드러내고 포장하려고 말을 많이 하게 되지만, 자존심은 드러내려 하지 않아도 드러나는 법이다.'

쇼펜하우어의 이 말은 어린 왕자가 말한 '어른들은 참 이상하군.'과 일맥상통한다는 생각이 든다.

뉴욕 호텔에서의 경험으로 인하여 나에게는 또 하나의 눈이 생겼다.

바로 어른들을 이상하게 바라보는 어린 왕자의 눈이 그것이다.

'어른들은 참 이상하군.'이라는 말을 되뇔 때마다

이제는 새로운 세상이 보인다.

허영심과 허풍을 내려놓고 보는 새로운 세상 말이다.

낯설지만, 무료하지 않은

거북이들의 합창

¶ 쉿, 조용히 해!

영사관에 정식 출근 후, 제일 먼저 처리한 일은 미국 사회보장 번호(Social Security Number : SSN) 발급 건이었다. SSN은 우리나라로 따지면 주민등록번호라고 할 수 있는데, 이것이 없으면 미국에서 취업할 수 없다. 외교관 신분이라고 해도 마찬가지다. 미국은 행정 처리 속도가 한국과 비교가 되지 않을 정도로 늦기 때문에, 첫 출근을 하자마자 담당 행정기관(Social Security Administration : SSA)에 예약부터 했다. 그리고 하루 뒤로 예약 일정이 잡혀, 다음 날 출근하기 전에 그곳부터 방문했다(담당 기관에서는 정확한 '시간'이 아닌 '오전 중'으로 예약을 잡아 주었다).

미국 행정기관 방문은 처음이라 조금은 긴장된 마음으로 SSA 입구로 들어갔다. 아무래도 해당 기관이 국토안보부 소속이라 그런지 신분 확인 절차가 철저했다. 물론 미국의 경우 관공서뿐만 아니라 대부분의 일반 회사 건물도 신분 확인 절차 없이는 들어갈 수가 없다. 1층에 마련된 창구에는 7명 정도 대기자가 있어 대기석으로 가고 있는데, 경찰 제복을 입은 흑인 여성이 손가락으로 번호표 발급기 쪽을 가리켰다. 기분이 썩 좋지 않았지만, 그녀가 허리춤에 있는 권총을 만지작거리고 있어 약간은 위압감을 느끼면서 번호표를 뽑았다.

거북이도 그런 거북이가 없었다. 한국 같으면 1명 정도의 민원 처리는 몇 분이면 끝나는데, 그곳에서는 1명을 처리하는 데 10~20분씩 걸렸던 것으로 기억한다. 게다가 민원 처리가 끝날 때마다 창구가 비었음에도 5분 정도는 다음 민원인을 부르지 않았다. 이러다가는 오전에 출근하지 못할 것 같아 경비원에게 답답함을 호소하자, 그녀는 입술 중간에 집게손가락을 대고 '쉿, 조용히 해!'라고 말할 뿐이었다. 그러잖아도 대기실 분위기가 무거운데, 인상을 쓰며 말하는 그녀로 인하여 더욱더 위압감을 느꼈다. 그렇게 무턱대고 기다리던 중

민원창구를 보니, 한 직원이 옆 직원과 대화하며 손톱을 깎고 있는 것이 아닌가. 너무도 어이가 없었다. 게다가 매니큐어까지 바르고 있는 모습에 더는 참지 못하고, 경비원에게 다가가 창구를 가리키면서 좀 너무한 것 아니냐고 말을 해버렸다. 그랬더니 그녀는 자기와는 관계없는 일이라고 하며, 자리로 빨리 돌아가 앉아 있으라고 목소리를 높였다. 너무하는 것 아니냐고 다시 한번 따져 묻자, 자기는 지시받은 대로 일하고 있는 것이니 귀찮게 하지 말라고 손짓만 할 뿐이었다.

한국과 미국에서 여러 번 민원 처리를 받아 본 사람들은 그 답답함이 어느 정도인지 알 수 있을 것이다. 그러는 사이에 2시간 정도가 소요되었고, 드디어 내 차례가 왔다. 여권부터 출입국 증명서 그리고 영사관 '레터(Letter)' 등 관련 서류를 확인하고, 몇 가지 질문을 끝으로 민원 처리는 모두 끝이 났다. 시계를 보니 15분 정도 소요되었다. 지금도 그 장면이 잊히지 않는다. 아무리 생각해도 그 정도 서류면 한국에서는 5분이면 충분할 것 같은데, 15분 정도가 소요되었으니 말이다. 미국 사람들이 이러한 행정 시스템 속에서 큰 불편 없이 살아간다는 것 자체가 한편으로는 신기하기까지 했다.

그건 명령이란다.

★

이번에는 지금까지 방문한 별 중 가장 작은 별이었다. 그 별에는
가로등 하나와 그것을 관리하는 한 사람이 있었다. 어린 왕자는 간
신히 한 사람이 살 수 있는 별에서 가로등을 관리하는 것이 무슨
의미가 있을까 하고 생각했다.

'어쩌면 그는 어리석은 사람일지도 모르겠어. 하지만 왕이나 술꾼,
사업가, 허영심으로 똘똘 뭉친 사람보다는 훨씬 나을 수도 있겠지.
적어도 그는 의미 있는 일을 하고 있잖아. 아마 가로등을 켜는 것
은 별이나 꽃을 태어나게 하는 것이고, 또 그걸 끈다는 것은 꽃이
나 별을 잠들게 하는 것일 테니. 이 일은 아름다운 일이야. 아름답
다는 것은 당연히 좋은 일이기도 하고.'

이런 생각을 하며 어린 왕자는 그 사람에게 가로등을 왜 끄는지
물어보았다.

그러자 그는 "그건 명령이야."라고 답변했다.

"명령이 뭐예요?"하고 다시 물으니,

"가로등을 끄라는 것이지."라고 말하면서, 곧바로 가로등을 다시
켜버렸다.

거북이들의 합창

"왜 또다시 가로등을 켰어요?"하고 묻자,

그는 "명령 때문이지."라고 말할 뿐이었다.

어린 왕자가 도통 알아들을 수 없다고 말하자,

"네가 알든 모르든 상관없어. 명령은 명령이니까."하고 되받아 버리는 게 아닌가.

시간이 가면서 가로등을 껐다 켰다 하는 간격이 점점 더 빨라졌다. 이를 궁금해하는 어린 왕자에게 "별이 도는 속도는 갈수록 빨라지고 있지만, 명령이 바뀌지 않아 쉬지도 못한단다."라면서 그는 지친 얼굴에서 흐르는 땀을 연신 닦아내었다.

어린 왕자는 '이 사람은 의미 있는 일을 하는 것 같아. 그것은 자기보다 남을 위한 일에 열중하기 때문이지.'라고 생각하며 그 별을 떠났다.

가로등을 관리하는 사람을 만난 어린 왕자는 그가 가장 의미 있는 일을 하고 있다고 생각했지만, 나는 어린 왕자와 이 부분에서는 생각을 달리한다.

안타깝지만 가로등을 관리하는 사람은 융통성이 없는 사람일 뿐이다. 가로등을 관리하는 그도 어찌 보면 공적인 일을 하는 사람이라고 할 수 있다. 그러면 그는 업무 효율성을 높이는 방안을 연구해야 하는 것이 맞다. 상황이 변하고 있는데 명령받은 일을 관행적으로 해나간다면, 그것은 어찌 보면 자신의 업무를 게을리하는 것이 된다. 물론 그 사람의 성실성은 인정한다. 그렇지만 공적인 일은 성실성만으로는 이끌어 갈 수 없는 분야다.

SSA의 여성 경비원도 마찬가지다. 대기하고 있는 민원인을 관리하고 있다면, 그들의 불편 사항을 수시로 파악하고 창구에 전달하는 것 또한 그녀의 업무일 것이다. 그렇지만 그녀는 단순히 민원실 질서 유지 업무만 자기 일이라고 생각했다. 물론 그렇게 지시받았을 수도 있다. 하지만 창구가 원활하게 돌아갈 방안을 고민하고, 제안하는 것도 당연히 그녀의 업무라고 생각한다. 왜냐하면 그녀 또한 국민의 세금으로 월급을 받는 공무원이기 때문이다. 게다가 민원창구 직원 문제도 그렇다. 어떻게 민원 처리 1건을 끝낼 때마다 5분 정도씩 쉬면서 다음 민원을 준비하는지 지금도 이해할 수가 없다. 그 당시에는 물어보지 못했지만, 또다시 그런 상황이 오면 분명히 묻고 싶다. 그렇게 5분씩 쉬면 편안하냐고. 또한 그렇게 명령받은 것이냐고.

SSA에서의 2시간은 나 자신을 돌이켜보는 기회도 되었다. 공직자이다 보니, 나 또한 창구 안의 시각으로 세상을 바라보지 않았을까 하는 생각도 하게 되었다. 그러다 보니 답이 나왔다. 어떤 업무를 하든지 반드시 한 번쯤은 창구 밖의 시각으로 사업 내용을 재검토하기 시작했다. 드디어 보이지 않던 것들이 보이기 시작했다. 그것은 바로 명령 또는 지시대로 움직이는 것이 결코 공직자의 길이 아니라는 것을 말이다.

그러한 경험 이후로는 매년 업무 노트를 받을 때마다 반드시 첫 페이지에 다음과 같은 문구를 적어 놓는다.

"창구 밖의 시선으로! 민원인의 시선으로!"

집으로 가는 길

¶ 친절한 베시 할머니

한 달 정도 영사관에서 일하면서 주말을 이용해 집을 구하러 뉴저지 지역을 돌아다녔다. 하지만 아내와 떨어진 상태에서 혼자 집을 구한다는 것은 여간 어려운 일이 아니었다. 그렇다고 내 취향대로 집을 구할 수도 없는 일이었다. 나중에 온 가족이 함께 살아야 할 집이어서, 둘러볼 때마다 집안 사진과 구글 스트리트 뷰를 한국으로 보내고 아내와 논의를 진행했다. 그때마다 아내는 직접 눈으로 보지 못하는 답답함을 여러 차례 호소했고, 나는 미안하다는 말만 반복할 수밖에 없었다. 그렇게 한 달 동안 다섯 군데를 둘러보고, 여러 차례 협의 끝에 Englewood Cliffs에 있는 집으로 결정했다.

집 소개를 맡았던 사람은 'Ed. Joe'였다. 그는 영사관과 여러 차례 거래를 해와서 그런지, 친절이 몸에 배어 있는 사람이었다. 외교관은 정부에서 집 월세를 부담해준다. 다만 1개월 반 정도의 보증금(Deposit)은 개인 부담으로 되어 있다. 우선 은행에서 보증금을 찾은 후, 'Ed. Joe'와 함께 Englewood Cliffs에 있는 집으로 계약을 하기 위해 출발했다. 그곳에 도착하니 베시(Bessie)라는 할머니가 집주인을 대신해서 기다리고 있었다. 베시는 80이 넘은 은발의 백인 할머니였는데, 그 나이까지 공인중개사 일을 하고 있어 조금은 놀랍기도 했다.

'Ed. Joe'에 의하면 미국은 1980년대에 정년 제도가 없어졌고, 자기 능력과 의지에 따라 나이와 관계없이 일을 할 수 있다고 한다. 그리고 베시 할머니는 어느 젊은 사람보다도 더 열정적으로 일하는 분으로 널리 알려져 있다는 말도 덧붙였다. 이때 집 밖에서 서성이는 백인 할아버지 모습이 보였다. 나는 궁금해서 그 할아버지가 동네 주민인지 물어보았다. 'Ed. Joe'에 따르면 그 할아버지는 베시 할머니의 남편이었다. 그는 나이가 많아 일은 하고 있지 않지만, 할머니가 일하러 갈 때마다 매번 운전대를 잡는다고 하였다. 다시 할아버지를 바라보자, 그는 마치 소년과 같은 맑은 미소를 내게 보내 주었다.

　　베시 할머니와 나는 1시간 정도 집 안 구석구석을 돌아다니며 하자를 점검했다. 그리고 하자가 나올 때마다 A4용지 2장 정도 되는 점검표(Checklist)에 꼼꼼하게 기록해 나갔다. 계약하기로 한 주택은 30여 년 전에 지어진 목조주택으로 사전에 잘 살펴보지 않고 계약하게 되면, 나중에 엄청난 수리비를 감당해야 한다고 'Ed. Joe'가 귀띔해주었다. 나는 베시 할머니의 세심함에 그저 감탄할 수밖에 없었다. 그녀는 내 눈에는 도저히 보이지 않는 하자까지 빠짐없이 찾아내어 기록해 주었다. 그렇게 점검이 모두 끝나고, 나는 조금은 지친 상태에서 빨리 계약서에 서명하자고 제안했다. 그러자 베시 할머니는 1시간을 더 줄 테니, 서명 전에 충분히 검토하라며 할아버지 차로 돌아가서 기다렸다.

★

어린 왕자는 B612를 떠나기로 한 날 아침부터 별을 청소하기 시작했다. 그것은 장미꽃을 위한 어린 왕자의 특별한 배려였다. 우선 활화산 두 개의 구멍을 깨끗이 닦아놓았다. 이 별의 활화산은 아침 식사를 끓이는 데 유용했기 때문에 특별히 신경을 더 썼다. 화산들을 잘 청소해 놓으면, 폭발하는 일이 없이 규칙적으로 잘 타오르기 때문이었다. 물론 언제 다시 불을 뿜을지 알 수 없는 휴화산 청소도 잊지 않았다.

다음으로 어린 왕자는 섭섭한 심정으로 바오밥 나무의 마지막 싹도 뽑아버렸다. 다시는 돌아올 수 없을 거로 생각했기 때문이었다. 마지막으로 장미꽃에 물을 주고 유리 덮개도 씌워주었다. 그런 어린 왕자의 눈에선 눈물방울이 맺혔다.

우리가 세상을 살아간다는 것은 어찌 보면 늘 자리를 이동해 가는 과정이라고 할 수 있다. 우리는 초등학교부터 대학교까지 매년 자리를 이동할 뿐만 아니라 이사로 인한 자리 이동, 직장 내 또는 직장

간 자리 이동을 숙명처럼 안고 살아간다. 물론 이 외에도 자리를 이동하는 사례는 수도 없이 많을 것이다. 이때 여기에서 말하는 '자리'는 사람의 정체성을 형성하는 터전이라고 할 수 있다. 피상적으로만 본다면, 우리가 거주하는 '자리'는 그냥 물리적인 장소로 보일 수도 있다. 그렇지만 우리는 터 잡은 '자리'를 중심으로 관계를 맺고, 조금씩 성장해 가는 과정에서 개개인별로 다른 정체성을 만들어나간다. 그러므로 우리가 거주했던 장소는 곧 나의 정체성이라고 할 수 있다.

내가 한국에서 미국으로 자리를 이동하면서 머물 집을 결정할 때 특별히 신경을 쓴 이유도 여기에 있었다. 단순히 잠깐만 지낸다고 생각하면, 짧은 시간 안에 결정할 수도 있었을 것이다. 그렇지만 앞으로 머물 자리는 나뿐만 아니라 가족의 정체성에도 심대한 영향을 끼친다는 것을 잘 알고 있었기 때문에 신중에 신중을 기했다.

어린 왕자는 B612를 떠날 때 활화산과 휴화산을 깨끗이 청소해 놓고, B612가 무사하도록 바오밥 나무의 어린싹도 모두 뽑아버렸다. 이런 어린 왕자의 눈가에는 갑자기 눈물이 맺혔는데, 이는 단지 장미꽃과 헤어짐만이 서러워서 그랬던 것은 아니다. 아마 어린 왕자는 그 동안 자신의 정체성을 만들어 준 별과 헤어지는 것도 아팠을 것이다. 그런 마음속에서 어린 왕자는 자기 마음을 닦는 심정으로 별을 깨끗이 닦아냈을 것이라고 나는 믿고 있다.

베시 할머니 또한 어린 왕자의 마음을 가지고 있었을 것이라는 생각이 든다. 그녀는 1시간 뒤에 돌아와서 자기가 모르는 하자를 더 찾아냈는지 우리에게 물어보았다. 물론 베시 할머니가 사전에 철저하게 살펴준 덕분에 더 이상의 하자는 찾을 수 없다고 말했다. 그러자 베시 할머니는 배시시 웃으면서 잘 생각하면, 하나가 빠져 있다는 것을 알게 될 것이라고 말했다. 나는 Ed. Joe와 의논해 보았지만, 할머니가 무엇을 말하는지 알 수 없었다. 베시 할머니는 우리 쪽으로 다가오더니, 집 앞마당에 있는 잔디를 웃으면서 가리켰다. 그때 Ed. Joe가 "아! 잔디 관리 조항!"이라고 외치면서, 베시 할머니에게 고맙다며 연신 고개를 숙였다. 계약 후 호텔로 돌아오면서, Ed. Joe는 '잔디 관리 조항'에 관해 말해주었다.

미국에서는 임차 계약 시 보통은 임차인들이 '잔디 관리 조항'을 요구한다고 그는 말했다. 그 이유는 직접 잔디 관리를 원하는 임차인도 있기 때문이란다. 그래서 임대인 대부분은 임차인이 먼저 요구하지 않으면, 그냥 모른 척 넘어간다고도 말해주었다. 그 말을 듣고 생각해보니 베시 할머니는 정말로 친절할 뿐만 아니라 고객을 마치 자기 가족처럼 대해주는 그런 분이었다. 지금도 할머니가 내게 해주었던 말이 잊히지 않는다. "이사 오는 사람에게 하자를 찾아 줄 때마다, 내 집의 하자를 찾는 것만큼이나 즐겁다."라고 말하는 할머니의 그 마음을 지금도 잊지 않고 있다. 나는 베시 할머니의 배려 덕에 한국에 돌아올 때까지 그 집에서 큰 불편 없이 지낼 수 있었다.

한국으로 귀국한 이후부터는 자리를 이동할 때마다 항상 어린 왕자와 베시 할머니를 생각한다. 이사할 때는 이사 오는 사람을 위하여, 회사에서 자리를 이동할 때는 후임자를 위하여, 내가 할 수 있는 최선을 다해 자리를 깨끗이 정리하곤 한다. 그럴 때면 나도 모르게 어린 왕자처럼 눈물이 맺힐 때가 있다. 그때마다 어린 왕자뿐만 아니라 베시 할머니도 눈앞에서 아른거린다. 요즘은 베시 할머니가 어쩌

집으로 가는 길

면 어린 왕자가 아니었을까 하는 생각도 가끔 해본다.

우리는 흔히들 떠난 자리에 대해 소홀히 하는 경우가 많다. 이는 아마도 새로운 자리에 대한 희망과 기대 때문에 떠나는 자리까지 관심을 쓸 겨를이 없기 때문일 수도 있다. 하지만 우리는 '나'의 자리로 오는 새로운 사람들의 마음을 항상 생각해 보아야 한다. 그들은 내가 남겨놓고 간 자리의 상태를 보고, 나를 평가할 것이라는 점도 늘 잊지 않았으면 한다. 그래서 나는 이사를 하거나, 회사에서 자리를 옮길 때마다 항상 별을 청소하는 어린 왕자의 마음으로 뒷자리를 정돈한다. 물론 베시 할머니의 마음 또한 새기면서 말이다.

독일 존재론 철학의 거장 하이데거는 '거주(居住)함이란 인간 존재의 근본 특성'이라고 말한다. 또한 그는 '모든 존재자가 고유한 존재를 발현하면서 서로 조화 속에서 애정을 가진 장소가 곧 고향이고, 인간은 그러한 공간을 중심으로 움직일 때마다 자기의 정체성을 만들어 간다.'라는 말도 덧붙였다. 이 말은 거주했던 장소를 잘 보살피는 과정에서 인간의 정체성이 형성된다는 뜻이다. 이러한 시각에서 본다면 어린 왕자나 베시 할머니는 비록 하이데거는 모를지라도, 생활 속에서 그의 사상을 실천해 나간 것으로 보인다.

이제는 어떤 자리를 떠나게 될 때마다 '나'의 흔적을 한 번쯤은 되돌아보자.

그리고 어린 왕자의 마음을 항상 간직하면서 살아가 보자.

'떠난 자리가 아름다우면, 그 사람도 아름다운 법이다.'

No. 10 is open!

¶ 월마트와 흑인 소녀

뉴저지의 Englewood Cliffs에 마련한 주택에는 냉장고, 세탁기, 가스레인지 등 가전 기구는 빠짐없이 배치되어 있었다. 그러나 침대나 식기 등은 임차인이 준비해야 했다. 우선 급한 대로 당장 필요한 침대나 이불은 인터넷으로 주문을 넣었고, 식기나 쌀 그리고 기타 식음료 등을 사기 위해 택시를 타고 월마트로 향했다. 미국 월마트 매장은 그 규모가 어마어마했다. 거대한 크기에 압도된 나는 1시간가량 전체 매장을 돌며 나름대로 지리를 익혔다. 사고 싶은 것은 너무도 많았다. 하지만 당시에는 차량이 없었기 때문에 급한 대로 일주일간 사용할 필수품만 우선 구매하기로 하였다.

매장이 익숙하지 않아 필요한 물건 몇 가지를 찾는데도 1시간 정도 소요되었다. 돌아다니면서 다른 미국인들을 보니, 물건을 사는 양이 한국과는 너무도 달랐다. 그들 대부분은 국내 마트에서 보통 한국인들이 사는 양의 거의 두 배 이상을 카트에 담고서도 물건을 더 채워 넣느라 정신이 없었다. 때로는 가족 수만큼 카트를 끌고 다니며 물건을 주워 담기도 했다. 이것이 미국에 와서 처음으로 목격한 '소비 대국' 미국의 첫 모습이었다. 자세히 보니, 그들이 공통으로 카트에 담는 것이 있었다. 그것은 다름 아닌 생수였다. 그들은 카트의 절반 이상을 생수로 채웠다. 궁금해서 뉴욕에서 공부 중인 동기에게 전화로 물어보니, 미국 수돗물에는 석회 성분이 많아 수돗물을 식수로 사용하는 사람이 많지 않다고 말해줬다. 그래서 차는 없었지만, 나도 급한 대로 500㎖짜리 생수병 10개를 카트에 담았다.

오후 1시쯤 선택한 물건들을 모두 카트에 채운 후 계산대로 이동했다. 그런데 계산대마다 대기 줄이 끝이 보이지 않을 정도로 길었다. 아마 점심 시간이어서 더 그런가 보다 하고 생각했다. 10분 이상을 기다려도 내 차례가 오지 않아 스마트폰을 만지작거리며 시간을 보내고 있었다. 이때였다. 누군가 뒤에서 "Sir~, Sir~"하고 부르는 소리가 들렸다. 물론 나와는 상관없는 일로 생각하고 계속 앞만 바라보고 있었는데, 그 소리가 다시 한 번 귀에 들어왔다. 그래서 뒤를 돌아보니 작은 흑인 소녀가 "Sir~, No. 10 is open!"이라고 하는 것이 아닌가. '10번이 열렸다고? 대체 10번이 뭐지?'라고 생각하면서 다시 앞만 바라보았다. 물론 나에게 한 말이 아니라고 생각했기 때문이다.

모자가 왜 무서워?

비행사는 어렸을 때 맹수를 삼킨 보아뱀 그림을 책에서 본 적이 있었다. 그는 "보아뱀은 먹이를 씹지 않고 통째로 삼킨다. 그리고 여섯 달 동안 움직이지 않고 먹이를 소화하면서 잠만 잔다."라는 내용이 너무나도 인상적이어서 색연필로 자신의 제1호 그림을 그렸다. 그는 코끼리를 삼킨 보아뱀 그림을 어른들에게 보여주며, 그 그림이 무섭지 않냐고 물어보았다.

그럼 어른들은 누구나 "모자가 왜 무서운 거지?"라고 반문하는 것이었다. 그래서 그는 어쩔 수 없이 어른들이 쉽게 알아볼 수 있도록 보아뱀 속을 그려 주었다. 그것이 비행사의 두 번째 그림이었다. 그렇지만 어른들은 두 번째 그림에도 흥미가 없었다. 그래서 그는 화가라는 멋진 직업을 포기하고 말았다. 그러면서 그는 '어른들은 도대체 이해라는 것을 모르는 사람들 같아. 매번 세세하게 설명을 해줘야만 이해를 하니 참으로 피곤한 노릇이야.'라고 투덜거렸다.

이러한 일은 비행사가 어느 정도 성장한 이후에도 마찬가지였다. 그는 살아가면서 똑똑하게 보이는 사람들을 만날 때마다 보아뱀 그림을 보여주었으나, 그들은 그것을 모자로만 볼 뿐이었다.

비행사는 어린 왕자를 만날 때까지 매번 한탄할 수밖에 없었다. 그 어느 어른도 모자 속에 그려 넣은 코끼리를 보지 못했기 때문이다. 그러다가 우연히 만난 어린 왕자에게 그 그림을 보여주자, 어린 왕자는 "코끼리를 삼킨 보아뱀은 싫어."라고 말하는 것이 아닌가. 그는 그때 알았다. 어린아이의 마음으로 보아야만 자기의 보아뱀 그림이 보인다는 것을.

나 또한 월마트 방문 당시만 해도 보아뱀 그림을 이해하지 못하는 그런 부류의 어른이었던 것 같다. 나는 그때 미국인 소녀가 나에게 친절을 베풀고 있다는 사실을 알아채지 못했다. 우리나라에서는 그와 같은 상황에서 보통은 남을 배려하지 않고, 자기에게 유리한 선택을 하는 경우가 많기 때문이다.

흑인 아이의 말을 신경쓰지 않고 계속 앞만 바라보고 있자, 뒤에서 자기들끼리 수군거리더니 다른 곳으로 이동하는 것이 아닌가. 자세히 보니 아이가 다른 계산대로 이동하고 있었는데, 그 계산대에는 'No. 10'이라는 푯말이 세워져 있었다. 그 순간 뒤통수를 한 대 맞은 기분이 들었다. 'No. 10 is open!'이라는 문장은 모두 들렸지만, 그것이 '점심 시간 때문에 잠시 닫았던 10번 계산대가 다시 열렸으니, 나보고 먼저 그곳으로 가서 계산하면 된다.'라는 뜻이라는 것을 나는 이해하지 못했었다. 그 흑인 소녀는 나에게 아무 말도 하지 않고 10번 창구로 갈 수도 있었으나, 앞자리에 있던 나를 배려했던 것 같다. 그렇지만 나는 그 말의 맥락을 이해하지 못했고, 그 소녀의 친절을 외면한 꼴이 되고 말았다.

어쩌면 그 소녀가 10번 계산대를 가리키며, "No. 10 is open!" 이라고 말했으면 당연히 나는 이해를 했을 것이다. 하지만 그 아이는 10대 초반의 나이였기 때문에 자기 기준으로 말을 했을 것이다. 다만 어린 왕자와 같은 맑은 눈을 가지고 있지 못한 내가 문제였을 뿐이다. 한마디로 나는 지극히 전형적인 그런 어른이었다. 시시콜콜하게 자세히 설명해 주어야만 간신히 이해하는 그런 어른 말이다.

영국의 경제학자 '케인스(John. M. Keynes)'는 변화에 대해 다음과 같이 말했다.

"변화에서 가장 힘든 것은 새로운 것을 생각해 내는 것이 아니라, 이전에 가지고 있던 틀에서 벗어나는 것이다."

케인스의 시각으로 보면 어린 왕자는 생각의 틀을 깨트렸기 때문에 보아뱀 속에 있는 코끼리를 볼 수 있었다. 반면에 어른들은 그들의 경험을 기준으로 뱀이 어떻게 코끼리를 삼킬 수 있느냐고 단정지어 버린 탓에 코끼리를 보지 못한 것이다. 나 또한 10대 초반의 소녀를 그저 어린아이로만 보았기 때문에 그 아이가 내게 의미 있는 말을 했을 것으로 생각하지 않았다.

지금 생각해도 얼굴이 화끈거린다.

그 소녀는 선의를 무시한 나를 보며 어떠한 생각을 가졌을까?

아마 꼰대라고 하지 않았으면 다행일 것이다.

그 이후부터 나는 아이들과 대화를 나눌 기회가 생길 때마다 반드시 아이들의 눈으로 보려는 노력을 게을리하지 않는다. 그러다 보면 내가 경험하지 않은 많은 것들이 보인다는 것도 알게 되었다.

어린 왕자와 월마트에서 만난 소녀는 지금도 나와 대화를 나누고 있다.

배관공 할아버지와의 어색한 인사

¶ 배관공과 미국의 팁 문화

2019년 기준으로 해외로 여행을 떠나는 출국자가 3,000만 명이 넘었다고 한다. 이를 인구 기준으로 보면 매년 국민의 60% 정도가 해외 여행을 다녀오는 셈이 된다. 그래서 대부분의 해외 여행객은 알고 있다. 미국이나 유럽 등 서양권 국가에는 우리나라와 다르게 팁 문화가 있다는 사실을.

뉴욕에 입국 후 호텔에 머물 때의 일이었다. 처음 며칠간 팁을 깜빡 잊고 출근한 적이 있었다. 퇴근해서 보니 호텔 방은 정돈이 되어 있었는데, 내 기준으로는 만족할 만한 수준은 아니었다. 곰곰이 생각해 보니 팁을 방에 놓지 않고 출근했었다는 사실이 떠올랐다. 그래서 3일째 되는 날에는 이틀 치를 포함해서 침대 머리맡에 잘 보이도록 팁을 놓고 출근했다. 결과는 예상대로였다. 내가 생각했던 것 이상으로 침대뿐만 아니라 방안 구석구석까지 깨끗하게 정돈되어 있었다.

그때부터 팁을 위해 적당량의 지폐를 항상 지갑에 넣고 다녔다. 식당이나 커피숍뿐만 아니라 택시를 탈 때 카드로 팁을 계산할 수도 있었지만, 현금으로 주면 서비스가 더 좋아지지 않을까 하는 개인적인 생각 때문이었다. 처음에는 이런 미국의 팁 문화가 약간은 후진적으로 생각되었다. 그렇지만 시간이 지나면서 서비스 만족도에 따라 10~20% 사이의 팁을 당연히 주어야 한다는 생각이 들었다. 왜냐하면 미국에서는 서비스에 종사하는 사람들의 기본급이 매우 열악한 편이고, 팁이 그들의 주 수입원이라는 사실을 파악했기 때문이다.

팁 문화 때문에 조금은 난감한 일을 겪은 적도 있었다. Englewood Cliffs의 집에서 살기 시작한 지 1개월쯤 지났을 때의 일이다. 갑자기 배수관 쪽에 문제가 생겨 화장실뿐만 아니라 부엌 싱크대까지 물이 내려가지 않는 일이 발생했다. 마트에서 배수관 클리너를 사다가 긴급 조치를 해봤지만, 소용이 없었다. 어쩔 수 없이 집주인에게 연락하니 배관공(Plumber)을 보내 주었다. 1시간 정도 기다리다 보니 70세 전후로 보이는 백인 할아버지가 집으로 왔다. 그 배관공 할아버지는 여러 가지 장비를 동원하여 2시간 정도 배수관을 꼼꼼하게 살피다가 막힌 곳을 찾아내어 시원하게 뚫어 주었다. 할아버지 말로는 배수관에 음식물 찌꺼기가 조금씩 쌓였다가 결국 막히게 된 것이라고 하였다. 내가 음식물 찌꺼기를 싱크대에 버리지 않는다고 말하자, 할아버지는 아마 전에 살던 사람이 그랬던 것 같다고 말하였다. 비록 처음에는 문제가 없었을지라도, 예전 찌꺼기가 조금씩 아래로 쓸려 나가다가 굴절 구간에서 쌓였을 거라는 말도 덧붙였다.

그는 살짝 막혔을 때 쓸 수 있는 전문가용 배수관 클리너 몇 개를 나에게 주었다. 그는 전문성뿐만 아니라 친절까지 몸에 밴 분이었다. 그래서 나는 그가 배수관을 점검하는 내내 서비스가 끝나고 나면 얼마를 팁으로 주어야 할지 고민하고 있었다. 집주인 측에서 공사비를 부담하기로 하여 정확한 팁 규모를 산정하기가 조금은 난감했기 때문이다. 고민 끝에 공사를 끝낸 그에게 고맙다는 말과 함께 50달러를 넣은 봉투를 전달했다. 그런데 그는 묘한 표정을 짓다가 자기는 팁을 받지 않으니 마음만 받겠다고 하며 떠나는 것이 아닌가. 조금은 당황스러웠다.

나중에 영사관에 출근해서 선배들에게 그때 상황을 이야기하니, 미국 배관공은 고소득자이기 때문에 팁을 받지 않았을 거라는 말을 해주었다. 서비스를 제공하는 모든 사람이 팁을 받는 것은 아니니 상황에 따라서 대처해야 한다는 말도 덧붙였다.

B612 행성을 발견한 터키 천문학자

★

어떤 천문학자들은 이름 없는 조그만 별을 발견하면 이름 대신 번호를 매긴다. 이를테면 '소행성 3251'이라는 식으로 말이다. 어린 왕자가 떠나온 별은 소행성 B612인데, 이 소행성은 1909년에 터키에 사는 어떤 천문학자가 망원경으로 발견했다. 그는 이 발견을 '국제 천문학회'에서 증명해 보였다.

그러나 다른 어떤 학자도 터키 출신 천문학자의 말을 믿지 않았다. 그것은 그가 허름한 옷을 입었기 때문이었다. 어른들은 늘 이런 식이다.

시간이 조금 지나고 난 후, 터키의 어느 독재자가 모든 국민에게 양복을 입으라고 명령했다. 그리고 그것을 따르지 않는 자는 사형에 처하겠다고 엄포를 놓았다. B612를 발견한 천문학자도 어쩔 수 없이 양복을 입을 수밖에 없었다. 그런데 이상한 일이 벌어졌다. 1920년에 그 천문학자는 양복을 입고 자신의 발견을 다시 발표했다. 그런데 이번에는 모든 학자가 그 발표를 믿는 것이 아닌가.

소행성 B612의 명성을 위해서는 너무도 다행스러운 일이었다고 비행사는 생각했다.

터키 천문학자가 양복을 입지 않고 소행성 B612를 발견했다고 발표하자, 다른 천문학자들이 이를 믿지 않은 것은 순전히 선입견 때문이었다. 그들은 터키 천문학자의 허름한 옷 상태를 보고, 그렇게 누추한 사람이 어떻게 대단한 발견을 했겠느냐고 단정지어 버린 것이다. 하지만 터키 천문학자가 양복을 입고 똑같은 내용을 발표하자

배관공 할아버지와의 어색한 인사

그들은 믿어주었다. 이러한 현상은 우리 주변에서도 늘 발생한다. 특히 최근 들어 소셜 미디어(SNS)를 통한 외모 지상주의가 판을 치게 되면서 겉모습을 보고 판단하는 사례가 더욱더 만연하고 있다.

　나 또한 배관공 할아버지의 차림새를 보고 팁을 주어야 한다고 생각했던 것 같다. 그렇지만 내가 사전에 미국 배관공 문화에 대해서 조금이라도 관심을 가졌더라면 그와 같은 실수는 없었을 것이다. 그 순간 나는 허름한 차림의 천문학자를 무시했던 사람들과 같은 부류였음이 분명했다.

　언어철학의 대가인 비트겐슈타인은 "사물과 현상을 볼 때 선글라스를 벗고 있는 그대로 직시하라."라고 말하였고, 동 시대의 독일 철학자인 후설은 "눈에 보이는 사물이나 현상에 대하여 생각하거나 판단하려 하지 말고, 그저 무심히 바라보라."라고 말한 바 있다. 이 두 철학자가 강조한 말은 선입견을 제거하고 사물을 보아야 한다는 점일 것이다. 이를 후설은 '판단 중지'라는 말로 설명했다. 여기서 말하는 '판단 중지'란 쉽게 말해서 내가 가진 고정관념이나 어떤 현상을 대할 때 가질 수 있는 프레임에서 벗어나야 한다는 것이다.

이러한 기준에서 볼 때 배관공을 바라보던 내 눈이나 터키 천문학자를 바라보던 다른 학자들은 후설이 말하는 '판단 중지'를 하지 못했다고 할 수 있다.

나는 이러한 경험 이후에는 다른 사람을 만날 때마다 일단은 잠시 멈추어 선다.

그리고 반드시 '판단 중지'란 말을 되새겨 본다.

그러다 보면 내가 미처 보지 못했던 그 사람의 참모습이 보이기 시작했다.

또한 '눈앞에 보이지 않는 진실이라는 것도 반드시 존재한다'라는 것을 굳게 믿게 되었다.

비트겐슈타인의 아래와 같은 외침은 요즘도 쉬지 않고 나를 채찍질하고 있다.

'생각하지 마라! 단지 보라!'

코스트코의 노인들

¶ 너희들은 이 시간에 왜 여기에 있니?

1월 초에 입국한 아이들에게 가장 시급한 것은 학교 입학 문제였다. 두 아이를 초등학교와 킨더 과정(Kindergarten, 우리나라의 유치원)에 입학시키기 위해서는 우선 건강검진표와 치과 소견표가 필요했다. 아내가 한국에서 관련 서류를 미리 준비해왔지만, 아이들이 입학 예정인 학교에서는 미국 병원에서 발행한 서류를 요구했다. 미국은 한국과는 달리 연방국이라 지방정부마다 다른 기준을 가지고 있으므로 사전에 관련 사항을 세밀하게 파악해 두었어야 했다. 이 또한 내 불찰이었다.

원래는 아이들이 미국에 오면, 도착하자마자 학교에 입학시킬

작정이었다. 그렇지만 토요일 오후 늦게 공항에 도착했기 때문에 어쩔 수 없이 병원이 개원하는 월요일까지 기다려야만 했다. 한국 같으면 1월은 겨울 방학이기 때문에 서두르지 않아도 되었지만, 미국은 겨울 방학이 짧아서 최대한 아이들의 입학을 서둘러야만 했다. 참고로 미국 학교는 9월에 시작해서 6월 초에 끝나기 때문에 여름 방학은 6월부터 8월까지 3개월 정도가 되지만, 겨울 방학은 '윈터 브레이크 (Winter break)'라고 불릴 만큼 매우 짧다.

어쩔 수 없이 월요일에 휴가를 내고 병원에서 아이들 건강검진표와 치과 소견표를 발부받은 직후, 곧바로 학교에 관련 서류를 제출했다. 학교 선생님은 아이들 언어 능력을 테스트해 본 후, 한국말을 할 줄 아는 같은 반 친구를 멘토로 붙여 주겠다고 했다. 두 아이가 학교에 잘 적응할지 걱정이 앞섰는데, 멘토가 있어 다행이란 생각이 들었다. 그렇게 아이들은 미국 입국 4일째 되는 날부터 학교에 다니기 시작했다.

아이들과 함께 병원과 학교 방문 후, 아이들이 필요한 물건을 사기 위해 코스트코를 방문했을 때의 일이다. 우선 학용품과 기타 준비

물을 미리 고른 후, 가족과 함께 식음료 공간으로 이동하던 중이었다. 그런데 마주 오던 백인 노부부가 우리 아이들을 보면서 말을 걸어오는 것이었다. 자세히 들어보니 그들은 "너희들은 왜 여기에 있는 거니?"라고 물었다. 아이들은 수줍어하며 나에게 달려왔다. 20분 정도를 더 돌아다니다 보니 이런 일이 반복되었다. 어떤 노인은 "너희들은 학교에 다니지 않니?"라고 말하였고, 또 다른 이는 "지금 이 시각에 너희들이 마트에 있는 것을 보니 이상하구나? 혹시 부모가 학교에 보내지 않는 거니? 너에게 어떤 문제가 있다면 내게 말해주거라."라고 말을 하기도 했다. 나는 이런 상황을 지켜보면서 전후 사정을 그들에게 설명했지만, 기분은 썩 좋지 않았다.

지금이 얼마나 위험한 순간인지 모르는구나.

★

사막에서 비행기가 고장을 일으키고 8일째 되는 날이었다. 비행사는 마지막 남겨 두었던 물을 마시면서 어린 왕자에게 말했다.

"네 경험담은 특별하지만, 난 아직 비행기를 고치지 못하고 있어.

이제는 마실 물도 떨어졌구나. 샘을 찾아 천천히 걸어가 보자꾸나."

그러자 어린 왕자는 말했다.

"내 친구, 여우는요. ."

"꼬마야, 지금은 여우 얘기를 할 때가 아니란다."라고 비행사가 말했지만, 어린 왕자는 계속 여우에 대해 말하고 싶어 했다. 비행사는 물이 다 떨어졌으니 빨리 물을 찾으러 가자고 재차 말해 보았지만, 어린 왕자는 비행사 말을 이해하지 못하고 여우 얘기만 하는 것이었다.

"비록 죽음이 다가온다 해도 친구가 있다는 건 좋은 거야. 난 여우와 친구를 맺었다는 게 너무도 기뻐."

'이 아이는 지금이 얼마나 위험한 순간인지 모르는구나.'라고 비행사는 생각했다.

어린 왕자는 사막에서 물이 떨어지면 얼마나 위험해질 수 있는지 몰랐을 수도 있다. 그래서 비행사가 물을 찾으러 가자고 서둘러도, 그는 계속해서 여우에 관한 말만 했을 수도 있다. 그렇지만 다시 B612로 돌아가야 하는 어린 왕자에게는 여우와의 만남에서 있었던 일이 더 중요했던 것 같다. 어찌 보면 그에게는 생존의 문제보다 더 큰 문제일 수

코스트코의 노인들

도 있으니 말이다. 이렇게 해석해 본다면 어린 왕자의 진심을 이해하지 못하고, 오히려 편견을 가졌던 이는 비행사였을 수도 있다.

내가 코스트코에서 만난 노인들도 마찬가지였을 것이란 생각이 든다. 그들의 눈에는 아이들이 학교에 있을 시각에 마트에서 부모를 따라다니고 있으니 이상하게 보였을 수도 있다. 그들은 아이들에게 어떤 문제가 있을지도 모른다는 생각 때문에 관심을 가졌던 것 같다. 미국은 아동 학대 문제에 대해서는 엄격하기로 소문이 난 국가다. 심지어 집안에 아이들만 놔두고 외출해도 주변에서 아동 학대 신고를 하는 경우가 많다. 또한 아이들이 다니는 학교에서도 선생님은 아이들의 몸을 정기적으로 점검한다. 그만큼 아동 학대 문제는 미국 사회에서 주요 관심 사항이다.

그렇지만 나는 코스트코에서 만난 노인들을 당시에는 오해하였다. 미국 입국 전부터 미국의 인종 차별이 생각 보다 심각하다는 얘기를 많이 들었기 때문이다. 그런 시각으로 노인들을 바라보았기 때문에 그들의 친절을 인종 편견으로 오해했었다. 하지만 그 당시 상황은 어찌 보면 내가 그들에게 고마워해야 할 일이었다. 그들은 아이들이 학교에 가지 않고, 마트에서 돌아다니는 상황의 위험성에 대해 내게 경고를 해준 것이니 말이다.

영국의 저널리스트이자 수필가인 가드너가 쓴 〈모자 철학〉이라는 수필이 있다. 〈모자 철학〉은 가드너가 모자점에 가서 느낀 내용을 쓴 교훈적인 글인데, 여기에서 모자점 주인은 가드너에게 "변호사들의 머리가 큰 이유는 그만큼 그들의 지능이 높아서 그렇다."라고 말한다. 가드너는 '뇌의 크기가 사람의 능력을 좌우한다'라는 모자점 주인의 말을 듣고, 평범한 사람들이 흔히 범할 수 있는 편견의 위험성을 이 글에서 포착해 낸다.

이런 일은 어쩌면 나에게도 발생했다고 할 수 있다.
나는 한정된 정보로 인하여 노인들을 오해했고,
편견이라는 안경 때문에 그들의 친절을 친절로 받아들이지 못했었던 것 같다.
나는 이제 내가 편견이라는 안경을 쓰고 있다는 사실을 잘 알고 있다.
어쩌면 우리 대부분도 나처럼
편견이라는 안경을 쓰고 세상을 살아가는 것은 아닐까?

코스트코의 노인들

아이들 학교 참관기

¶ 그렇게 생각할 수도 있겠구나!

걱정했던 바와는 달리 아이들은 학교 생활에 잘 적응해 나갔다. 물론 초기에는 영어 때문에 조금은 힘들어했지만, 한 달 정도 지나자 멘토 도움 없이도 아이들은 학교 생활에 문제가 없었다. 그런데도 한국과는 다른 환경 때문에 아이들이 힘들어할 수도 있겠다는 생각이 들어, 학부모 참관 수업이 있을 때마다 시간을 내어 참석하곤 했다.

한 학급은 대개 12~15명 규모로 구성되어 있었고, 수업 형태는 단순히 강의를 듣는 수업보다는 참여형 수업이었다는 점이 인상적이었다. 예를 들어 선생님이 질문하면, 거의 모든 학생이 경쟁적으로 손을 든다. 선생님은 몇몇 아이들을 순서대로 지목하면서 답변을 듣는다. 아이마다 생각이 달라 선생님조차 상상하지 못했던 답변이 나오는 것을 매우 흥미롭게 지켜보았다. A라는 학생이 예상 외의 답변을 해도 선생님은 "아, 그렇게 생각할 수도 있겠구나!" 하면서 다른 학생의 답변을 유도했다. 물론 다른 학생의 답변에도 선생님의 대응은 비슷했다. 선생님이 원하는 답변이 계속 나오지 않으면 "오늘 나온 답변은 나름대로 다 의미가 있었다. 다만 선생님 생각은 '이런 것'이니 함께 생각해 보자."라고 매듭을 짓는 형식이었다.

아이들 숙제를 도와주면서도 비슷한 경험을 했다. 미국 수학은 한국 교과 과정보다 훨씬 쉬워서 한편으론 걱정이 앞섰다. 몇 년 뒤 한국으로 귀국하게 되었을 때, 한국 학생들이 배우는 수학 과정을 과연 따라갈 수 있을까 하는 걱정이었다. 미국에는 우리나라와 같은 과외 시스템이 없어 다른 것은 몰라도 수학 숙제는 많이 도와주었던 것으로 기억한다. 아이들과 문제를 풀 때 나는 한국식으로 가장 쉬운 방법으로 답을 찾거나, 공식을 알려주고 풀어보라고 했다. 하지만 아이들은 이 방법에 조금은 난감해했다. 비록 쉬운 문제였지만, 답을 한 가지로 풀어야 하는 숙제가 아니었기 때문이다. 정확히 기억나진 않지만, 문제에 대한 풀이 과정을 다섯 개 정도 적어오라는 숙제가 대부분이었다. 처음에는 한 가지 방법으로 풀어도 되는데, 왜 이렇게 비효율적으로 하는지 선뜻 이해할 수 없었다. 그러나 시간이 지나면서 그 이유를 저절로 이해하게 되었다. 1년 정도 지나자 수학뿐 아니라 다른 과목에서도 문제나 주제를 여러 가지 방향으로 바라보는 아이들의 변화가 뚜렷했기 때문이다.

이런 과정을 지켜보면서 아이들이 왜 학교를 재밌는 곳으로 생각하는지 알게 되었다. 한국에 있을 때 아이들은 학교에 가는 것을 그리 좋아하지 않았을 뿐만 아니라, 방학 기간이 너무 짧다고 투덜거리기 일쑤였다. 그랬던 아이들이 미국에서는 방학 기간이 너무 지루하다면서, 빨리 학교에 가고 싶다는 말을 입에 달고 살았을 정도였다.

글쎄, 모르겠구나.

★

어린 왕자는 지리학자가 사는 별을 방문하여 궁금한 점을 물어보았다.

"할아버지가 사는 별은 너무도 아름다워요. 넓은 바다도 있나요?"

"글쎄, 모르겠구나." 지리학자가 말했다.

"그래요?" 어린 왕자는 실망스러웠다.

"그럼, 산은 있나요?"

"그것도 모른단다."

"그럼, 도시나 강 그리고 사막은요?"

"그것도 모르겠구나."

어린 왕자는 지리학자가 모든 것에 대해 다 모른다고 하자, 큰 목소리로 다시 묻는다.

"어떻게 지리학자이시면서 다 모를 수가 있는 거죠?"

"지리학자는 중요한 사람이기 때문에 돌아다닐 수가 없단다. 단지 탐험가들에게 질문하고, 그들의 경험을 기록할 뿐이란다."

지리학자는 자기가 중요한 일을 하고 있다고 강조만 할 뿐, 실제로는 아무것도 모르는 사람이었다.

미국에서 귀국 후 아이들의 변화는 놀라웠다. 학교 선생님들이 일성으로 말하는 것이 있었으니, 그것은 우리 아이들이 매우 용감하다는 것이었다. 선생님이 질문하면 답을 정확히는 몰라도 무조건 손부터 든단다. 나는 아이들의 이러한 모습이 나름 흐뭇했다. 그러나 그 기대는 오래가지 않았다. 아이들은 오답에 대한 선생님의 반응에 점점 위축되어 가기 시작했고, 채 6개월도 안 되어 다른 학생들에 완전히 동화되었다.

어린 왕자가 실망한 지리학자는 어쩌면 우리 모습이 아닐까 하는 생각이 든다. 지리학자는 다른 별에 있는 산이나 바다 등에 대해서는 잘 알고 있었지만, 정작 자기가 사는 별과 관련해서는 아는 것이 거의 없었다. 어찌 보면 그는 탐험가의 기억을 단지 받아 적는 그런 사람일 뿐이었다. 그렇다면 탐험가의 기억이 왜곡되어 있다면 어떤 일이 벌어지겠는가? 아마도 지리학자의 지도를 믿고 항해에 나선 사람들은 큰 곤경에 처하게 될 것이다.

우리나라 사람들은 선생님을 정답으로 인도하는 사람으로 믿고 있다. 그래서 스승의 은혜는 부모님보다도 높다는 말도 있는 것 같다. 그렇지만 현실에서 보는 학교 현장은 그렇지 않다. 일부 변화의 움직임이 있기는 하지만, 아직도 많은 학습 현장에서는 여전히 '강의

하는 교사, 수동적으로 받아 적는 학생'의 형태가 유지되고 있다. 이런 환경에서 자라난 아이들은 어쩌면 정답이 하나뿐인 세상을 살아가고 있는 것일 수도 있다. 하지만 탐험가의 기억이 왜곡될 수 있듯이 선생님이 알고 있는 것이 정답이 아니라면, 우리 아이들이 사는 세상은 과연 어떠한 세상일까? 생각만 해도 아찔해진다. 그래서 필요한 것이 미국과 같은 참여형 수업이 아닌가 한다. 선생님이 무조건 정답으로 이끄는 것이 아니라, 선생님과 함께 정답을 찾아 나간다면, 분명히 우리 아이들의 창의성은 더욱더 넓어질 것이다.

지구가 우주의 중심이 아니고, 움직이지 않는 태양이 우주의 중심이라는 사상을 믿고 있는 이단자의 의혹이 있다는 선고를 받았사옵니다.

따라서 숭고하신 재판관님과 모든 진실한 기독교인의 마음속에서 저에 관한 이러한 강한 의혹이 불식되기를 앙망하오며, 진실한 충성심과 진정한 마음으로 앞서 고백한 잘못과 이단의 견해, 그리고 모든 다른 잘못과 이단과 성스러운 교회에 반하는 어떠한 종파도 버리고 저주하며 혐오하옵니다.

아이들 학교 참관기

윗글은 이탈리아 철학자이자 천문학자인 갈릴레이가 1632년 교회 법정에서 고문의 위협을 못 이기고, 지동설을 포기한다고 선언한 내용이다(출처 : 존 캐리의 《지식의 원전》. 이광렬 외 역. 바다출판사).

물론 갈릴레이는 법정을 나오면서 "그래도 지구는 돈다."라는 유명한 말을 남겼다고 한다.

우리가 사는 세상은 갈릴레이가 사는 세상과는 많이 달라졌다. 그래서 자기가 믿고 있는 진리에 목숨을 걸지 않아도 된다. 또한 우리는 마음먹기에 따라 더 다양한 관점을 가진 학생들을 사회로 내보낼 수 있다. 그렇게만 된다면, 우리 아이들이 더 나은 사회를 만들어 낼 것이라는 점도 분명하다.

내 아이들은 미국에서 2년밖에 살지 않았지만,

생각하는 것이 다른 아이들과는 조금은 다르다.

그렇지만 나는 걱정하지 않는다.

다르다는 것은 틀린 것이 아님을 믿고 있으니까.

툭하면 정전

¶ 왜, 우리 집은 전기가 늦게 들어오는 거지?

미국에서 살면서 가장 불편했던 점은 잦은 정전 문제였다. 물론 한국보다 3배 이상 비싼 전기료(오래된 주택이라 더 그랬을 수도 있다)도 부담 되었지만, 그보다 더 큰 문제는 잦은 정전뿐만 아니라 복구 시간도 너무 오래 걸린다는 점이었다. 아마 한국에서 1시간 이상 단전되는 사례가 발생하면, 한전은 엄청난 민원으로 인해 업무가 거의 마비될 것이다.

그런데 내가 살던 지역은 정전이 자주 발생해도, 동네 주민들은 크게 신경을 쓰지 않는 것 같았다. 지금 생각해 보니 잦은 정전에 주민들이 어느 정도 익숙해져서 그런 것이 아닐까 한다. 이런 분위기 속에서 정전이 발생할 때마다 민원을 넣을 수도 없었다. 잘못하면 전기 회사에서 우리 집을 '관종(關種)'으로 분류할 수도 있겠다는 생각이 들었기 때문이다. 그래서 주변에 사는 이웃들처럼 비상용 대형 플래시를 여러 개 준비해 놓고 살았다. 다행스럽게도 전기가 나간다고 해도 가스는 끊기지 않았기 때문에 취사나 샤워를 하는 데는 지장이 없었다.

정전 이후 전기가 다시 공급될 때에도 불편은 계속되었다. 우리나라는 보통 정전이 되더라도 전기 공급이 동시에 이루어지는데, 미국은 달랐다. 전기 공급에도 차별이 있었다. 처음에는 몰랐는데 자세히 지켜보니 가구마다 전기가 들어오는 순서가 있었다. 물론 우리 집은 순서가 늦었다. 그때마다 아내는 불만이었다. 왜 우리 집만 전기가 늦게 들어오는지 연락해 보라며 투덜거리곤 했다. 나도 몇 번은 그냥 참고 넘어가다가, 결국에는 우리 집처럼 전기가 늦게 들어오는 집에 찾아가서 물어보았다. 물론 이유가 있었다. 그 사람 말로는 미국에서는 전기 공급을 재개할 때, 먼저 '재가환자(在家患者 : 일상생활을 하기 어려워 집에 머물며 살아가는 환자'나 노약자들이 거주하는 집부터 전기를 공급한다고 했다. 그러면서 그것은 당연한 것 아니냐며, 오히려 나보고 이해하라고 말해 주었다.

한 번은 정전이 5시간 정도 진행된 적도 있었다. 시간이 너무 많이 지연되자, 이번에는 동네 주민들도 조금은 술렁거리기 시작했다. 나 또한 언제 전기가 다시 들어올지 몰라 답답한 마음에 전기 회사로 전화를 할 수밖에 없었다. 3시간이 조금 넘어가자 복구팀이 마을로 와서 양해를 구하며 조금만 더 기다려달라고 부탁하고 다녔다. 물론 우리 집에도 작업하시는 분이 찾아와 1시간만 더 기다리면 전기가 재개될 거라고 설명해 주었다. 나는 그때 그동안 궁금했던 점을 그에게 물어보았다. 그러고 나서 알게 되었다. 왜 그리도 자주 정전이 발생하는지를.

그는 강풍으로 부러진 가로수의 나뭇가지 때문에 전깃줄이 끊어져서 그렇다고 말해 주었다. 그에게 강풍이 없을 때도 종종 정전이 발생하지 않냐고 묻자, 그런 경우는 대부분 많은 눈을 이기지 못하고 찢어진 나뭇가지가 전깃줄을 훼손해서 그렇다고 설명해 주었다. 그렇다면 '가지치기' 작업을 해주면 되지 않겠냐고 내가 물어보자, 그는 내 말뜻을 잘 이해하지 못하겠다며 그냥 돌아가 버렸다.

나는 중요한 일을 하는 사람이야!

어린 왕자는 어린 양이 장미꽃을 먹을 수도 있다고 말하지만, 비행사는 당장 비행기를 고치느라 정신이 없었다. 그에게는 어린 양과 장미꽃 얘기가 귀에 들어오지 않았기 때문에 "나는 지금 중요한 일을 하고 있어."라며 소리를 질렀다.

그러자 어린 왕자 또한 화가 나서 큰 소리로 말했다.
"아저씨는 마치 어른들처럼 말하고 있네? 내가 아는 어떤 별에는 얼굴이 빨간 어른이 살고 있어. 그는 꽃향기를 맡아본 적도 없고, 별도 보지 못했고, 누구도 사랑해 본 적이 없는 사람이었지. 그가 하는 것이라고는 오직 계산뿐이었어. 그러면서 그는 온종일 '나는 중요한 일을 하는 사람이야!'라고 중얼거렸어. 그는 교만으로 가득 차 있었지. 하지만 그는 사람이 아냐. 그저 버섯이었을 뿐이지."

어린 왕자는 얼굴이 하얗게 변한 상태로 계속 말을 이어갔다.

"수백만 년 전부터 꽃들은 가시를 만들었단 말이야. 또 수백만 년 전부터 양들은 그 꽃들을 먹었고. 그런데도 중요한 일이 아니라고? 만약에 어떤 사람이 사랑하는 단 하나의 장미를 양이 먹어버린다면, 그 사람에게 가장 중요한 것이 사라져버리는 거야. 그런데도 그게 비행기를 고치는 것보다 중요하지 않다는 거야?"

어린 왕자는 말을 잇지 못하고 결국에는 울음을 터트리고 말았다.

여기에서 어린 왕자는 별로 중요한 일도 없으면서 바쁜 척하는 빨간 얼굴 어른을 버섯에 비유하고 있다. 그리고 비행사도 그런 사람 중의 하나라고 비난하고 있다. 그러면 여기에서 어린 왕자가 말한 버섯은 무엇을 의미하는 것일까?

프랑스에서는 예로부터 버섯을 더러움의 상징이나, 부도덕의 상징으로 해석하는 경향이 있다. 아마 습하고 어두운 곳에서 버섯이 잘 자라기 때문에 그랬을 것이다. 어찌 보면 버섯은 음습하면서도 교만한 사람을 상징하는 것이라고 할 수 있다. 버섯을 자세히 보면 일반

식물들과는 아주 다르다. 버섯은 뿌리나 가지가 없고 열매도 열리지 않지만, 포자를 통해 그 수를 무한히 늘려가는 성질을 가지고 있다. 다시 말해 남은 신경쓰지 않고, 오직 자기 이익만을 위해 움직이는 사람을 어린 왕자는 버섯에 비유했다고 볼 수 있다. 그렇지만 지구상에 다른 식물이 존재하지 않는다면, 버섯 또한 존재할 수 없음은 당연하다. 비행사는 어린 왕자의 이런 말을 듣고 나서, 그가 여우에 대해 하는 말이 얼마나 중요한 것인지 깨닫게 된다.

독일 관념론 철학의 대가 헤겔이 주장한 '인정 투쟁'을 살펴보자. 헤겔의 '인정 투쟁'이란 사람이 살아가면서 인정받지 못하고 모욕이나 무시당하게 되면 분노로 이어지고, 더 나아가 사회적 투쟁이 발생한다는 것을 말한다. 그리고 이러한 투쟁은 상호 인정에 이를 때까지 계속된다는 것이다. 이렇게 본다면 우리가 살아가는 세상에서 '인정 투쟁'을 잘 다루지 못한다면, 극도의 사회적 혼란이 올 수밖에 없을 것이다.

헤겔의 '인정 투쟁' 관점에서 보았을 때, 나와 아내는 사회생활에 있어 진짜 중요한 것이 무엇인지 몰랐던 것 같다. '재가환자(在家患者)'나 노약자들이 사는 집에 전기를 먼저 공급하는 것을 두고 차별로 느꼈으니 말이다. 당시에는 남을 배려하지 못하고, 내 욕망만 중요한 것으로 인식했던 것 같다. 어찌 보면 단순히 전기 공급을 어느 곳부터 하느냐의 문제라고 할 수도 있겠지만, 그 시스템 내에는 헤겔의 '인정 투쟁'의 관점이 녹아들어 있었다. 만약 전기를 동시에 공급하려다가 자칫 시간이라도 지체하게 된다면, 때에 따라서는 위급한 환자의 생명이 위험해질 수도 있으니깐.

그뿐만이 아니다. 우리나라에서 당연시된다는 이유로 '가지치기' 작업을 하면 어떻겠냐고 전기 회사 직원에게 말했던 것도 결국은 내 욕심일 뿐이었다. 나중에 지인을 통해 들으니 미국 대부분 지역에서 가지치기 작업을 하지 않는 이유는 나무도 하나의 생명체로 보기 때문일 거라고 했다. 이 역시 나를 반성하게 했다. 내 기준으로만 세상을 보았으니 말이다. '인정 투쟁'이라는 것은 지구상의 각종 생명체에게도 해당된다고 생각한다. 우리가 지금처럼 지구를 계속 괴롭힌다면, 언젠가는 지구도 '인정 투쟁'에 나서지 않겠는가. 아니, 어쩌면 지구는 이미 '인정 투쟁'에 나섰을지도 모른다.

나는 이러한 경험을 통하여 내가 얼마나 나에게 '구부러진 존재'
인지 알게 되었다.

더 큰 가치와 더 큰 기대를 하는 쪽에서 먼저 내려놓아야 한다는
것도 알게 되었다.

그리고 어린 왕자가 말한 버섯은 절대 되지 않겠다고 결심했다.

이것만이 나 아닌 타인뿐만 아니라 지구와도 공존할 수 있는 유
일한 지름길일 테니까.

허리케인 블루

¶ 힘들었지만 그래도

2012년 10월이었다. 신문뿐만 아니라 방송에서도 100년 만에 최대 규모인 허리케인 'SANDY'가 미 동부 지역을 강타한다는 소식으로 도배되고 있었다. 한국에 있을 때 미국 허리케인이 얼마나 무시무시한지 방송으로 자주 보았기 때문에 태풍 상륙 일주일 전부터 여러 가지 준비를 시작했다. 우선 일주일 분량의 식료품과 생수, 그리고 정전을 대비해 벽난로용 장작 등을 사들였다. 물론 조리도 못 할 상황을 대비하여 간편식 음식도 준비했다. 다음 날 생수를 더 사기 위해 마트에 가니 생필품들은 거의 동나 있었다. '하루만 늦었어도' 하며 긴 한숨을 내쉬었던 기억이 아직도 생생하다.

우리 가족은 허리케인이 상륙하는 날, 그 거대한 굉음으로 인하여 잠자리에 들지 못하고 함께 모여 있었다. 아침이 되자 바람이 어느 정도 잦아들어 밖으로 나가 보았다. 그야말로 난장판이었다. 주택가 주변의 나뭇가지가 부러져 마당뿐만 아니라 도로까지 온통 뒤덮고 있었다. 우선 지붕부터 살펴보았다. 왜냐하면 옆집 지붕 위로 앞마당의 거목이 쓰러져 실내가 훤히 드러나 있었기 때문이었다. 다행스럽게도 우리 집 지붕은 일부가 훼손되긴 했지만, 그래도 그 정도면 멀쩡한 편이었다. 그때 아이가 급하게 불러 집안에 들어가 보니 지하에 물이 고여 있는 것이 아닌가. 급한 대로 우선 응급 조치를 하고, 바람이 진정되면 집주인에게 수리 요청을 하기로 했다.

다행스럽게도 나머지는 큰 피해가 없었으나, 고통스러운 시간이 본격적으로 시작되었다. 한국에서는 어떤 태풍이 와도 정전 사태가 장기간 지속되는 사례는 없다. 그렇지만 'SANDY'는 뉴욕과 뉴저지 동부 지역을 일주일 넘게 암흑으로 만들었다. 내가 살던 집은 도심에서 조금 떨어진 지역이어서 그런지 10일 정도 정전되었던 것으로 기억한다. 그래도 가스는 들어오고 있어서 식사는 해결할 수 있었다. 그렇지만 추위와의 싸움은 매일 밤 반복되었다. 어쩔 수 없이 우리 가족은 벽난로가 있는 방에서 침낭으로 간신히 버텨냈다. 물론 'SANDY'를 예측하고 캠핑 도구를 미리 준비한 것은 아니지만, 그 당시에 침낭이 없었다면 어떻게 견뎌냈을지 지금 생각해도 아찔하다.

자동차 연료도 문제였다. 정전이 그토록 장기화하리라고는 상상하지 못했기 때문에 휘발유를 충분히 채워 넣지 않았었다. 또한 영사관 담당 지역 한인들의 피해를 파악하느라 매일 출근하다 보니 3일 정도 지나자 연료가 거의 바닥났다. 어쩔 수 없이 아내와 함께 새벽 2시부터 주유소(주유소는 비상 발전기가 있어 전기가 들어왔다)로 차를 몰고 갔다. 깜깜한 밤에도 주유하려는 차들이 거의 300m 이상 줄지어 있었다. 우리는 어쩔 수 없이 제일 마지막에 차를 대놓고 하염없이 기다렸다. 그런데 새벽 6시 무렵이 되어 어느 정도 밝아졌는데도 주유소는 영업을 시작할 생각이 없었다. 기다리는 것도 지쳐 주유소 쪽으로 걸어가서 "날이 밝았는데 왜 주유를 하지 않느냐."라고 물어보았다. 하지만 날이 완전히 밝아지는 7시경에나 주유를 시작할 계획이라고 그들은 말했다. 그 이유는 어두울 때 주유하다 잘못하면 사고가 날 수도 있기 때문이라고 했다. 여하튼 안전 문제만큼은 철저한 나라라는 생각을 다시 한번 하게 되었다.

낮에도 마찬가지였다. 어느 주유소를 가더라도 주유를 하려는 사람들이 수백 미터씩은 줄지어 있었다. 그래도 불평불만 한마디 없이 기다리는 미국인들을 보면서, 그들의 인내심이 정말로 대단하다는 생각이 들었다. 이뿐만이 아니다. 뉴욕과 뉴저지 동부 지역은 대부분 7일에서 10일은 정전 사태가 이어졌다. 당연히 민심도 상당히 사나워졌을 것으로 생각했다. 그런데 주 정부에서 허리케인 사태에 대응을 잘하고 있느냐는 설문에 주민 70~80%가 긍정적으로 대답했다는 뉴스를 보고, 다시 한번 미국인의 인내심을 느낄 수 있었다. 만약에 한국에서 그 정도로 정전 사태가 이어졌다면, 우리 국민은 어떤 반응을 보였을까?

지금 생각해 보면 내 인생에서 가장 힘든 시간이었지만, 한편으로는 얻은 것도 있었다. 바로 가족 간 긴밀하게 보낸 시간이 그것이다. 그때는 어쩔 수 없이 한 방에서, 그것도 4명이 다닥다닥 붙어서 생활해야 했지만, 오히려 그것이 계기가 되어 서로 많은 대화의 시간을 가질 수 있었다. 정전으로 텔레비전도 먹통이 되어 더 그랬을 것이다. 전화위복은 이런 것이 아닐까 한다. 'SANDY'가 오히려 우리 가족을 더욱더 끈끈하게 이어 주었고, 서로에 대한 이해의 폭도 넓혀 주었으니 말이다.

시간을 굉장히 절약해 주거든

★

어린 왕자는 철도원과 헤어진 후, 알약을 파는 장사꾼을 만나게 된다. 그런데 그 약은 갈증을 없애주는 약이었다.

"왜 그걸 팔고 있는 거죠?" 어린 왕자가 물었다.

"이 약을 먹으면 시간을 굉장히 절약해 준단다. 전문가들이 계산한 바에 의하면, 이 약은 매주 53분씩 절약해 준다고 나왔어." 장사꾼이 말했다.

"그럼, 그 53분으로 무엇을 할 수 있죠?"

"무엇을 할 수 있냐면, 하고 싶은 것을 하면 되지."

어린 왕자는 이 말을 듣고 생각했다.

'만약 나에게 53분이 남아 있다면, 나는 우물을 찾아 천천히 걸어 갈 텐데.'

처음 이 장면을 읽었을 때, 갈증을 없애주는 약이 우리 생활에 얼마나 유용할까 하는 생각을 해보았다. 물론 그 사람이 사막에서 갈 증약을 팔았다면 분명히 히트 쳤을 것이다. 그렇지만 보통 우리가 사는 세상에서는 특수한 사례를 제외하고, 그리 큰 쓸모가 있을 것 같다는 생각은 들지 않는다.

그렇다면 갈증약이 일주일에 53분을 절약해 준다면, 그것은 우리에게 얼마나 큰 이익을 가져다줄까? 이 또한 사람마다 다르겠지만, 보통은 그냥 무시하고 넘어가는 사람이 많을 것이다. 하지만 어린 왕자는 53분이 주어진다면 우물을 찾아가겠다고 생각했다. 그에게 53분은 결코 의미 없는 시간이 아니었다. 이처럼 53분은 그것을 바라보는 시각에 따라 유용성이 달라질 수도 있다.

내 인생에서 53분은 허리케인 'SANDY'로 인한 10여 일의 시간이었다. 그 기간은 비록 힘들었지만, 그 이전에도, 그 이후에도 단 한 번도 가져보지 못한 시간이었기 때문이다. 가족이라는 것은 어찌 보면 모든 것을 함께하는 집단이라고 할 수 있다. 그렇지만 요즘 사회를 보면 집안 내에서도 뿔뿔이 흩어진 가족으로 지내는 경우가 많다. 부부는 직장 생활에 지쳐 퇴근과 동시에 쓰러져 버리고, 아이들은 공부 때문에 학원을 전전하느라 서로 얼굴을 보기도 힘든 지경이다. 그래서 계산해 보았다. 하루 동안 가족이 서로 얼굴을 바라보며 대화하는 시간이 얼마나 되는지. 결국은 포기해 버렸다. 시간으로는 고사하고 분 단위로도 계산하기가 민망한 수준이었기 때문이다.

그렇지만 모든 것은 핑계에 불과하다. 항상 가족과 함께할 시간이 부족하다고 떠들지만, 우리가 절약할 수 있는 시간은 곳곳에 널려 있다. TV 보는 시간, 주말에 멍한 상태로 게으름을 피우는 시간, 스마트폰을 만지작거리며 보내는 시간 등을 생각해 보면 무슨 말인지 잘 알 수 있을 것이다. 이런 사람들은 비록 53분이 주어진다고 해도, 어린 왕자처럼 의미 있는 일에 쓸 수 없을 것이다.

나 또한 마찬가지다. 미국에서 'SANDY'를 겪으면서 가족과 함께한다는 것의 의미를 알게 되었지만, 그것을 실천하며 살지는 못했다. 지금도 아내와 아이들에게 미안할 뿐이다. 물론 마음속에서는 항상 그렇게 하지 못하는 이유를 만들어 왔다. 그렇지만 그것들도 모두 핑계였다.

프랑스 도덕 사상가인 '라 브뤼에르(La Bruyère)'는 시간에 관한 유명한 말을 남겼다.

"시간을 최악으로 사용하는 사람들은 시간이 부족하다고 늘 불평하는 데 일인자다."

비록 늦었지만, 지금이라도 다시 한번 마음을 다잡아보려 한다.

하루에 53분 만이라도 어린 왕자처럼 시간을 소중하게 쓴다면,

분명 지금과는 다른 '나'를 만날 수 있을 테니까.

STOP AND THINK!

¶ 그놈의 스마트폰 때문에

매번 토요일이 되면 상대적으로 소외감을 느끼는 경우가 많았다. 다른 직원들에게는 토요일이 쉬는 날이겠지만, 동포 영사인 나는 대부분의 토요일을 행사장에서 보내야 했기 때문이었다. 미국에서 오래 살아온 동포들은 생각도 서양식일 것 같지만, 한민족은 세계 어느 나라에 있어도 역시 한민족이었다. 이들은 동포 행사에 반드시 영사관에서 참석해 주길 원했다. 그렇지만 뉴욕 총영사관은 총 5개 주(뉴욕, 뉴저지, 코네티컷, 펜실베이니아. 델라웨어)를 담당하고 있어, 동시에 벌어지는 동포 단체의 모든 행사를 다 챙길 수는 없는 노릇이었다. 이 날도 총 4개 지역 행사 중 3개 지역은 어렵게 양해를 구하고, 펜실베이니아 주에 있는 행사장으로 이동하는 중이었다. 이럴 때는 항상 몸이 여러 개였으면 하는 생각이 들곤 했다.

행사장까지는 국도로 가기로 마음먹었다. 시간적 여유도 있었지만, 고즈넉한 미국 교외 지역 분위기를 느껴보기 위함이었다. 1시간 정도 달리다가 조금은 무료해질 즈음에 신호등이 없는 사거리에 들어섰다. 보통 이런 사거리에서 'STOP SIGN'이 보이면 반드시 멈추고, 다른 차들이 보이지 않을 정도로 안전이 확인된 후에 진행하면 된다. 그런데 이날은 스마트폰이 발목을 잡았다. 사거리에서 좌우를 살피면서 직진을 시작했는데, 깨어나 보니 병원이었다. 어렴풋이 떠오르는 것은 음악을 바꾸기 위해 스마트폰을 만지던 장면이다.

병원에서 정신이 들자 의사 선생님은 내 몸을 간단히 점검한 후, 머리와 목뿐만 아니라 허리 부분까지 꼼꼼하게 엑스레이를 찍었다. 온몸이 몽둥이로 얻어맞은 것처럼 너무도 아팠지만, 다행히도 부러진 곳이 없어 통원 치료를 하기로 했다. 병원에서는 며칠이라도 입원할 것을 권고했지만, 그랬을 경우 병원비가 수천만 원에 이를 것 같아 일단 퇴원하기로 한 것이다. 참고로 미국 병원비는 한국과는 비교할 수 없을 정도로 비싼 편이다. 실제 미국 다른 지역으로 발령받은 동기(同期)의 심장에 문제가 발생한 일이 있었다. 그 친구는 원래 미국에서 수술을 검토했는데, 병원에서 수술비가 1억 5천만 원에 이른다는 말을 듣고 한국행을 선택했다. 국내 한 대학병원에서 성공적으로 마무리된 그 친구의 수술비는 대략 기백만 원 정도에 불과했다.

일주일 정도 집과 병원을 오가며 치료를 받았다. 보험 처리를 위해 받아 본 폴리스 리포트(Police Report)에는 아우디가 내 차 옆구리를 받는 모습이 그려져 있었다. 그런데 내 책임이 더 큰 것으로 나와 있었다. 내가 'STOP SIGN'을 정확히 지키지 않은 탓이리라. 어쩔 수 없이 원활한 사건 처리를 위해 변호사를 선임했으나, 별 도움이 되지 않았다. 왜냐하면 사고가 난 뉴저지 지역은 단 1%라도 과실이 큰 쪽에서 모든 책임을 져야 했기 때문이다. 그야말로 All or Nothing 이었다. 어쩌면 재수가 없어도 이리 없었을까. 하필이면 이런 제도를 두고·있는 뉴저지에서 사고가 났으니 말이다.

결국 내 보험으로 모든 것을 처리할 수밖에 없었다. 내 차뿐만 아니라 상대방 차량 폐차 처리, 치료비까지 모두 내 보험에서 처리되었다. 그 과정에서 한 가지 이해할 수 없었던 사실은 두 차량의 폐차 문제였다. 사고 후 차량 상태를 사진으로 보니 내 차는 우측 문 두 개가 한 뼘 정도 들어가 있었고, 상대방 차량은 보닛(Bonnet)이 1/3 정도 찌그러져 있었다. 한국에서 이 정도면 무난히 수리가 가능했을 것이다. 그렇지만 보험 회사는 다른 차량으로 대체하는 것보다 수리비가 더 많이 들어 폐차할 수밖에 없다고 하였다. 그 말을 들으니 미국의 인건비가 얼마나 비싼지 실감할 수 있었다.

지금 생각해도 잠깐 스마트폰에 몰입하다 벌어진 일의 대가는 너무도 혹독했다. 경제적 손실뿐만 아니라 6개월 정도 통원 치료에 들어간 시간 또한 무시할 수 없기 때문이다. 고놈의 스마트폰 하나 때문에.

★

어린 왕자는 술꾼이 사는 행성으로 갔다. 그런데 그곳에는 빈 병과 술이 가득한 병들을 늘어놓고 조용히 앉아 있는 술꾼이 있었다. 어린 왕자는 그 장면이 궁금해 말을 걸어 보았다.

"아저씨 뭘 하고 계신 거죠?"

"술을 마신단다." 우울한 표정으로 그가 대답했다.

"그런데 왜 술을 마셔요?"

"잊기 위해서지."

"도대체 뭘 잊기 위해서죠?" 어린 왕자는 측은한 생각에 다시 물었다.

"부끄러움을 잊기 위해서란다." 술꾼은 고개를 숙이며 대답했다.

"뭐가 부끄러운데요?"

"술 마시고 있는 나 자신이 부끄럽단다!" 그러면서 술꾼은 입을 닫았다.

'어른들은 도대체 알 수가 없단 말이야.' 이렇게 생각하면서 다시 길을 떠났다.

술꾼은 부끄러움을 잊기 위해 술을 마신다고 했다. 그런데 그 부끄러움은 술을 마시는 자신에 대한 부끄러움이었다. 참 아이러니하지 않은가. 부끄러움을 잊기 위해 술을 먹고, 술을 먹어서 또 부끄러워지고, 또 잊기 위해 술을 먹고. 이렇게 반복되다 보면, 술꾼이 죽어야만 끝나는 게임이 될 것이다. 그나마 다행인 것은 이 술꾼이 부끄러움이라도 알고 있다는 것이다.

나 또한 마찬가지였다. 어쩌면 내가 술꾼의 길을 정확히 따라가는 것이 아닌가 하는 생각이 든다. 스마트폰으로 인하여 교통사고가 났음에도 불구하고, 아직도 많은 시간을 스마트폰에 뺏기고 있으니 말이다. 다만 지금은 최소한 운전 중에는 스마트폰을 만지지 않는다. 이마저도 교통사고가 없었다면, 그 습관을 고치지 못했을 것이다.

어린 왕자의 술꾼 이야기나 내 사례와 관련하여 '마시멜로 실험'이라는 것이 있다.

마시멜로 실험이란 '아이들의 절제 능력과 앞으로의 성공' 간 관계를 알아보는 실험으로, 1960년 스탠퍼드 대학 심리학자 월터 미셸

(W. Mischel)이 3~5세 아동을 대상으로 실험한 후, 이들을 30년간 추적 조사한 것을 말한다.

실험 내용은 아이마다 각 방에서 마시멜로를 받은 후 15분간 먹지 않으면 상으로 1개를 더 받게 되는 실험이었다. 그런 다음 연구진이 15년 후 이 아이들을 다시 만나 파악해 보니, 인내심을 발휘했던 아이들은 자라서도 더 성공적인 삶을 살고 있었다. 물론 그렇지 않은 아이들은 약물 중독이나 사회 부적응 등의 문제점을 보였다. 이러한 실험을 통해 월터 미셸은 '욕구 지연 능력'이 충동 조절 능력과 깊은 관계가 있고, 이 능력이 높으면 정서 지능과 공감 능력이 더 우수하다는 것을 밝혀냈다.

'욕구 지연 능력' 측면에서 보면 술꾼이나 미국에 있던 '나'는 너무도 그 능력이 낮은 사람이었다.

하지만 지금은 안다. 억지로라도 '욕구 지연 능력'을 높여나가지 않는다면,

언젠가는 나 자신을 잃을 수도 있다는 사실을.

그래서 나쁜 중독(스마트폰이나 술. 게임 중독처럼 즉각적으로 쾌감을 주는 것)은 줄이고, 좋은 중독(운동이나 녹서 중독처럼 서서히 쾌감을 주는 것)은 늘리려는 노력을 게을리하지 않고 있다.

나는 중독 없는 세상을 꿈꾸며, 오늘도 한 걸음 앞으로 나아간다.

소방관과 함께 춤을

¶ 소방서를 지켜주세요.

아침마다 맨해튼에 있는 영사관에 출근하기 위해서는 주택가 끝부분에 있는 조그마한 사거리를 지나쳐야만 했다. 그 사거리에서 학생들이나 봉사 단체에서 하는 모금 활동을 자주 볼 수 있었다. 그들은 건널목 앞에 정차 중인 차량으로 다가가서 형형색색의 통을 흔들며 기부금 모금을 독려했다. 나 또한 그럴 때마다 몇 달러를 모금함에 넣어주었다. 미국은 우리나라보다 기부 문화가 발달해 있어 보통은 본인 수입의 10% 정도를 기부하는 사람이 많다.

그러던 어느 날, 평소처럼 출근하다가 조금은 낯선 풍경을 보게 되었다. 모금 활동을 하는 사람들이 입은 티를 자세히 보니, 왼쪽 가슴에 소방관 마크가 찍혀 있는 것이 아닌가. 그들은 내가 사는 동네의 소방관들이었다. 그들 중 일부는 기부금 깡통을 들고 음악에 맞춰 춤을 추면서 모금을 독려하고 있었다. 소방관이면 분명히 공무원일 텐데, 그런 사람들이 모금 활동을 하는 모습이 조금은 낯설었다. 한국 공무원의 경우는 법령에서 정한 것 이외의 기부금품 모집이 엄격하게 금지되어 있기 때문이다. 어쨌든 내 차로 모금함을 들고 다가오는 그들을 외면할 수 없어 깡통에 5달러짜리 지폐를 넣고 출근했다. 이런 일은 그 이후에도 몇 차례 반복되었다.

그 이후 1년 정도 흘렀을 때, 소방관들이 홍보 전단을 집마다 돌린 일이 있었다. 우리 집 우체통에도 관련 전단이 들어 있어 읽어 보았다. 그 내용은 우리 동네 소방서는 폐지되고, 인근 카운티 소방서와 통폐합이 검토되고 있다는 것이었다. 이와 관련하여 소방관들의 요청 사항은 크게 두 가지였다. 첫 번째는 동네 주민들에게 소방서 통폐합 반대 서명 운동에 적극적으로 참여해 달라는 내용이었고, 두 번째는 동네 소방서를 살리기 위한 기부금 모금에도 협조해 달라는 내용이었다. 이런 상황은 처음이었던 터라 이웃 주민에게 상황이 어떻게 돌아가는 것인지 물어보았다. 이웃에 따르면 소방서가 통폐합된다면, 긴급 상황 발생 시 출동 거리가 멀어져 초동대처에 문제가 발생할 거라고 했다. 동네 주민들이 이토록 똘똘 뭉쳤던 일은 그때 처음 보았다. 그렇게 3개월 정도 모금 운동과 서명 운동이 진행되었고, 기적적으로 동네 소방서는 살아 남았다. 지금 생각해도 너무나 아름다운 모습이었다.

우리나라에서는 소방관과 지역 주민 간 관계가 그리 밀접한 편은 아니다. 그렇지만 소방서 통폐합 사례에서 보듯이 미국에서는 소방관과 지역 주민들 사이의 신뢰 관계가 매우 탄탄한 편이다. 내가 살던 동네 주민들은 평소에도 소방관들에 대한 믿음이 컸고, 그들에 대한 존경심을 밑바탕에 가지고 있었다.

물론 소방관들도 지역 주민들과 함께하는 노력을 게을리하지 않는다. 지금도 겨울에 소방차를 보면 항상 생각나는 것이 있다. 그것은 '소방관 산타클로스'다. 매번 크리스마스 이브가 되면 동네 소방차가 루돌프로 변신했다. 불자동차에서는 캐럴이 울려 퍼지고, 소방관들은 산타 옷을 입고 동네 구석구석을 누빈다. 그러다가 아이들을 만나면 캐럴에 맞춰 함께 춤을 추고, 연필이나 공책 등 크리스마스 선물을 아이들에게 나눠준다. 우리 아이들은 그때 소방관 산타와 함께 찍은 사진을 지금도 소중하게 간직하고 있다. 이런 사례에서 보듯이 미국 소방관들은 지역 주민의 삶 속에 깊이 들어와 있는 안전 지킴이였다.

집이건 별이건 사막이건 무언가를 아름답게 하는 것은 눈에 보이지 않는 법이다.

★

사막에서 어린 왕자와 우물을 찾던 비행사는 사막에 주저앉아 아주 오래전에 살았던 그의 집에 관해 회상한다. 비행사가 살았던 집에는 보물이 숨겨져 있다는 소문이 있었다. 하지만 가족이나 마을 사람들 모두 그 보물을 발견한 사람은 없었다.
'어쩌면 누구도 그 보물을 찾으려 하지 않았을 거야.'라고 비행사는 생각했다.

그렇지만 그 보물 이야기로 인하여 그의 집 전체가 마치 동화 속 세상처럼 느껴졌다.

'우리 집 그 깊숙한 곳 어딘가에는 분명 비밀이 숨겨져 있을 거야.' 라고 비행사는 혼잣말을 했다.

그러면서 그는 어린 왕자에게 말한다.

"네 말이 맞아. 집이건 별이건 사막이건 무언가를 아름답게 하는 것은 눈에 보이지 않는 법이란다."

우물을 찾던 비행사는 오래전에 아주 고즈넉한 시골집에서 살았던 듯하다. 우리는 안다. 시골에 있는 집들은 볼 때마다 뭔가 신비로운 느낌이 든다는 것을. 비행사의 집도 마찬가지였던 것 같다. 그의 옛집에는 보물이 숨겨져 있다는 소문이 있지만, 그 누구도 그것을 발견하지 못했다. 그리고 그는 옛집 깊숙한 곳에 어떤 비밀이 간직되어 있을 거라고 말한다. 어찌 보면 당연한 것 아닌가? 보물을 발견하지 못했기 때문에 더욱더 비밀스럽다는 사실이. 그래서 일부러 마을 사람들은 보물을 찾으려 하지 않았을 것이다. 그렇게 해야만 비밀스러운 그 무엇을 계속 간직할 수 있을 테니까.

《사피엔스》, 《호모 데우스》 등의 책으로 유명한 유발 하라리의 주장도 이런 측면에서 살펴볼 수 있을 것 같다. 그는 존재하지 않는 것을 전달하는 능력 때문에 인간이 만물의 영장으로 불린다고 말한다. 그에 따르면 인간이란 허구적 존재를 만들어내고, 그것을 준거로 삼아 세상을 바라보는 존재라고 한다. 이러한 시각에서 본다면 우리가 살아가면서 중요하게 생각하는 대부분은 허구적 개념이지만, 우리는 그러한 개념들을 실재하는 것으로 믿고 살아가게 된다. 사랑, 믿음, 기적, 구원 등을 생각해 보면 비록 실체는 없을지라도 이러한 것들이 사실상 우리의 삶을 지배하고 있지 않은가.

나는 비행사의 집에 숨겨진 비밀이나 보물은 실체가 없다고 본다. 다만 나는 오래된 집에 숨겨진 비밀이나 보물이 비행사 가족의 역사나 가족 간 유대가 아닐까 하고 생각한다. 그래서 눈에 보이지 않았을 테고, 사람들이 찾아낼 수도 없었을 것이다. 만약 그것이 사실이라면, 그 보물은 영원히 찾아낼 수 없을 것이다. 그렇다고 해서 그것이 완전히 무(無)인 상태인 것도 아니다. 왜냐하면 그러한 역사나 유대라는 것은 눈에 보이지는 않지만, 그것이 비행사를 만들어낸 것

임은 분명하기 때문이다. 어쩌면 어린 왕자의 말대로 진짜 중요한 것
은 눈에 보이지 않을 테니까 말이다.

미국에서 내가 살았던 동네 소방관도 마찬가지일 것이다. 곰곰
이 생각해 보면 우리는 평상시 소방관의 존재를 잘 모르고 지낸다.
그러다가 화재나 인명 피해 사고가 크게 났을 때 소방관의 존재가 우
리 마음속에 강렬하게 각인된다. 지금 생각해 보면 각 마을에 있는
소방서는 어찌 보면 비행사의 오래된 집과 같다는 생각이 든다. 알게
모르게 소방관에 대한 환상을 어느 정도 간직하고 있으니 말이다. 이
렇게 본다면 나뿐만 아니라 동네 주민들에게 소방관이 '눈에 보이지
않는 비밀이자 보물'이었을 수도 있다. 결국 나와 주민들은 단순히
'소방서'를 지킨 것이 아니라, 그 속에 비밀스럽게 숨어 있는 '소방관'
이라는 보물을 지켜낸 것인지도 모르겠다.

우리집 아이들은 미국을 떠난 지 오래되었지만, 아직도 소방관
산타와 찍었던 사진을 보며 그 시절을 그리워하곤 한다. 나 또한 우
리 아이들이 소방관과 함께 추었던 춤을 평생 잊지 않고 살아갔으면

하는 마음이 간절하다. 어쩌면 그 춤이 아이들에게는 소중한 보물이
었을 수도 있을 테니까.

우리는 누구나 마음속에 보물 하나쯤은 간직하고 살고 있다.

눈에 보이지는 않는다고 해서 존재하지 않는 것도 아니다.

그러니 지금부터라도 주변을 잘 살펴보자.

그러면 우리는 분명 그 비밀의 열쇠를 찾아낼 수 있을지도 모른다.

여보, 차 시동이 걸리지 않아요!

¶ 콜라병을 들고 너무도 당당하게!

어느 날 출근하기 위해 차 시동을 걸었다. 아무리 시동을 걸어도 차는 꼼짝하지 않았다. 왜 시동이 걸리지 않는지 이것저것 점검하다가, 차에 휘발유가 다 떨어져 있는 것을 발견했다. 출근 시간이 임박해서 급하게 아내에게 "여보, 차 시동이 걸리지 않아요!"라고 소리를 질렀다. 그랬더니 아내가 급히 차고(Garage)로 내려와서 'Second Car' 주유구를 열더니 호스(Hose)로 휘발유를 내 차로 옮겨보라고 했다. 그 때 처음 알았다. 차량 주유구 안에는 안전망이 설치되어 있어 호스가 들어가지 않는다는 사실을.

내가 난감한 표정으로 안절부절못하고 있자, 아내는 플라스틱 콜라병 2개를 주면서 주유소에 갔다 오라고 했다. 나는 어쩔 수 없이 한국에서처럼 1.5ℓ 플라스틱 콜라병 2개를 들고 주유소에 도착했다. 내가 사는 동네는 조금은 한적한 곳이라 그런지 주유소 종업원이 보이지 않았다. 그래서 조금 기다릴 수밖에 없었다. 그렇게 10분 정도 기다리다가 사무실 쪽에서 인기척이 보여 그곳으로 갔더니, 주유소 종업원이 빤히 쳐다보는 것이 아닌가. 그래서 나는 그에게 전후 사정을 설명하고, 콜라병 2개에 휘발유를 채워달라고 했다.

그런데 그는 나를 위아래로 훑어보더니 그건 안 된다고 단호하게 말하였다. 너무도 난감했던 나는 정말 급한 사정이 있어 그러니 콜라병에 휘발유를 채워달라고 사정했다. 영사관 출근 시간은 이미 늦었지만, 오전에 만나기로 한 민원인이 있어 최대한 빨리 출발해야 했기 때문이다. 이번에도 그는 단호했다. 자기는 나에게 휘발유를 팔지 못하겠다고 다시 말했다. 나는 도저히 이해할 수가 없었다. 물론 차량에 주유하는 것보다는 콜라병에 휘발유를 넣는 것이 불편했을지도 모른다. 그래도 그 정도의 융통성은 발휘해줘야 하는 것이 아닌가

하는 생각도 들었다.

나는 한참 동안 그의 얼굴을 이해할 수 없다는 표정으로 바라보았다. 그러자 그는 '안전 용기'를 가져오면 휘발유를 팔겠다고 말하는 것이었다. 콜라병도 휘발유를 채우기에는 안전하지 않냐고 재차 물었지만, 그는 그것은 위험해서 안 된다는 말만 반복했다. 그럼 '안전 용기'를 이곳에서 파냐고 물어보았더니, 그는 대형 할인점으로 가면 구할 수 있다고 대답했다. 그것을 가져오면 휘발유를 팔겠다는 말도 덧붙였다. 나는 어쩔 수 없이 대형 할인매장으로 가서 휘발유 용기를 샀고, 그렇게 휘발유를 구했다.

지금 생각해 보면 내가 미국 문화에 대해 너무도 무지했던 것 같다. 우리나라 기준으로 콜라병에 휘발유를 담아달라고 했으니, 그 종업원의 눈에는 내가 얼마나 황당하게 보였을까?

여보, 차 시동이 걸리지 않아요!

★

어느 날 어린 왕자는 고장난 비행기를 보며 말했다.

"이 물건은 뭐 하는 거야?"

"그것은 물건이 아니란다. 하늘을 날아다니는 비행기라는 것이지. 내가 타고 온 비행기란다."

비행사는 자기가 날아다니는 것을 그에게 알려주면서 기분이 우쭐해졌다.

"뭐라고? 그럼 아저씨도 하늘에서 떨어진 거야?" 어린 왕자는 비행사의 말을 듣고 소리를 질렀다.

"그렇단다." 비행사는 조용히 말했다.

"그것 참 재미있는걸."하며, 어린 왕자는 깔깔거리며 웃었다.

비행사는 이 말을 듣고 기분이 좀 나빴다. 그것은 어린 왕자가 비행사의 불행을 진지하게 받아들이지 않았기 때문이다.

어린 왕자는 다시 말했다.

"그럼 아저씨도 하늘에서 왔겠네? 어느 별에서 왔어?"

어린 왕자와 비행사의 대화를 보면서 나는 '대화 단절'이라는 것을 느낄 수 있었다. 위 대화를 자세히 살펴보면, 어린 왕자는 분명히 비행사의 기분을 상하게 할 의도는 전혀 없었다. 그렇지만 어린 왕자의 "그것 참 재미있는 걸."이라는 말에 비행사는 기분이 몹시 나빠졌다. 그러면 여기에서의 '대화 단절'은 어디에서 온 것일까?

그것은 다름 아닌 두 사람이 살아온 세계가 다르다는 것에서 왔다고 할 수 있다. 어린 왕자는 B612 행성에서 철새를 타고 지구에 왔으니, 그의 눈에는 비행사도 하늘에서 떨어졌다고 느꼈을 것이다. 그래서 어린 왕자는 그것이 재미있었겠다고 생각했을 수도 있다. 하지만 비행기가 고장나 사막에 불시착한 비행사는 어찌 보면 목숨이 위험했을 수도 있다. 그래서 비행사는 어린 왕자의 말에 기분이 나빴다고 할 수 있다. 이처럼 서로가 처한 상황뿐만 아니라 살아온 세계가 다르다 보니 '대화 단절'로 인한 오해가 싹텄다고 보아야 할 것이다.

독일 존재론 철학의 대가인 하이데거는 '자신이 속한 장소와 시간, 즉 세계를 이해해야만 진정으로 세계 속에서 현존재(現存在)로 거

여보, 차 시동이 걸리지 않아요!

주할 수 있다'라고 보았다. 이를 다시 말하면 '세계는 현존재(現存在)가 거주하는 장소'이며, '현존재(現存在)의 행위들이 의미가 있게 되는 공간'이라는 것이다. 이렇게 하이데거의 시각에서 보면 어린 왕자가 살아 온 세계와 비행사가 살아 온 세계는 분명히 다를 수밖에 없다. 그러한 차이로 인하여 어린 왕자와 비행사 사이에 오해가 싹텄다고 할 수 있다.

내가 주유소에서 겪은 일 또한 마찬가지다. 나는 주유소 종업원이 계속 휘발유를 나에게 팔 수 없다는 말에 기분이 좀 상했었다. 또한 그가 '안전 용기'를 가져와야만 휘발유를 팔 수 있다는 사실을 좀 더 자세히 나에게 설명해 주었으면 얼마나 좋았을까 하는 생각도 가지고 있었다. 그렇지만 시간을 갖고 생각해 보니 그 종업원의 행동을 이해할 수 있었다. 처음에는 그가 인종적 편견이 있는 사람일 수도 있다는 생각을 가졌었다. 그렇지만 하이데거의 시각에서 생각해 보니, 그는 나와 다른 세계를 살아온 사람이었다. 물론 나 또한 그와는 다른 세계를 살아온 사람이었다는 점도 분명했다.

이렇게 생각하니 마음이 한결 편해졌다.

우리는 누구나 자기 세계를 기준으로 사회를 바라본다.

어린 왕자와 비행사가 그러했고, 나와 주유소 종업원 또한 그러했다.

우리가 이런 사실만 인정한다면, 다른 사람에 대한 오해도 상당 부분 풀릴 것이다.

그렇게 조금씩 나아가 보면 어떤 세계가 기다리고 있을까?

분명한 것은 지금보다 조금은 나은 세계가 기다리고 있을 것이라는 점은

확실하다.

여보, 차 시동이 걸리지 않아요!

나는 왕이로소이다

¶ 나르시시스트

보통 해외 공관장이라고 하면 대사나 총영사를 말한다. 대사를 임명할 때는 상대국의 아그레망(agrément)이 필요하고, 대사가 현지에 부임(赴任) 시에는 대통령으로부터 받은 신임장(信任狀)을 지참해야 한다. 반면에 총영사는 아그레망이나 신임장이 필요치 않고, 다만 대통령으로부터 임명장을 받는 간단한 절차만 거치면 된다. 또한 총영사는 대사와 달리 상대국 중앙정부와 외교 교섭 권한을 가지고 있지 않다는 점도 차이가 있다.

이러한 점을 제외한다면 보통은 대사와 총영사의 업무는 비슷하다고 볼 수 있다. 총영사관의 주요 업무는 자국민 보호와 영사 업무,

그리고 상대국 지방정부나 민간 차원의 교류, 문화관광, 경제통상 등이다. 이렇게 보면 총영사는 중앙정부와 외교 교섭권이 없어, 조금은 낮은 수준의 외교를 하고 있다고도 볼 수도 있다. 그렇지만 최근에는 재외국민의 규모가 많이 증가하고, 여러 방면의 교류가 확대되면서 총영사관의 역할이 점점 커지고 있다. 또한 뉴욕, 상하이, 오사카처럼 한인 사회 규모가 큰 곳의 총영사는 예전부터 중요한 핵심 보직으로 인정받아 왔다.

이런 사정 때문인지는 몰라도 뉴욕 총영사관에 나와 있는 영사들은 자부심이 대단하였다. 그리고 실제로 다른 나라에서 대사로 근무하다가 뉴욕 총영사로 오는 사례도 있을 정도로, 뉴욕 총영사관의 위상은 다른 총영사관과는 아주 다르다.

나는 이러한 상황 속에서 총영사관 근무를 시작했다. 모두 자부심으로 똘똘 뭉친 사람들 속에서 말이다. 하지만 시간이 가면서 조금은 이해할 수 없는 장면들도 목격하기 시작했다. 우선은 외교부 출신 영사들의 인식과 관련된 문제였다. 나는 총영사관의 존재 이유는 여러 가지가 있겠지만, 가장 중요한 첫 번째 임무는 동포 업무라고 생각했다. 동포가 없는 곳에는 총영사관도 없다는 사실만 보아도 짐작할 수 있을 것이다. 그렇지만 대부분 외교부 출신 영사들은 동포 업무보다는 상대국 지방정부나 관련 기관들과의 정무 업무를 가장 중요하게 생각했다. 물론 그들이 동포 업무를 등한시한다는 것은 아니고 상대적으로 그렇다는 말이다. 그래서 영사관에 근무하는 현지 직원들 사이에서 우스갯소리도 돌아다녔다. 영사관 업무를 백조에 비유하면 정무 업무는 물 위에 떠 있는 우아한 백조이고, 동포 업무는 물속에서 백조가 가라앉지 않도록 열심히 젓고 있는 오리발이라고 말이다.

이러한 일은 영사들에게만 해당하는 것은 아니다. 총영사 또한 마찬가지였다. 그는 외교부 내에서 엘리트로 소문이 자자한 분이었고, 식견도 대단한 분이었다. 하지만 그에게 중요한 업무는 역시나 정무 업무였고, 동포 업무는 그렇게 큰 비중을 두지 않았다. 내가 동포 업무를 하는 동안 총영사의 인식을 바꿔보려고 몇 차례 노력해 보았지만 큰 성과는 없었다. 물론 모든 총영사가 다 그렇다는 것은 아니다. 하지만 외교부 직원들의 기본적 인식에는 정무 업무가 더 중요하다는 사실이 어느 정도 각인되어 있었다고 볼 수 있다.

　　업무에서도 총영사관은 좀 독특했다. 우선 영사들 회의 시간에도 활발한 논의가 거의 없었던 것으로 기억한다. 대부분 영사는 소관 업무를 보고하고, 총영사는 지시하는 식으로 회의가 진행되었다. 그리고 총영사의 말에 반대 의견을 다는 경우도 거의 없었다. 그저 영사들은 총영사의 지시를 군대의 군령처럼 따르는 것 같았다. 나도 그 문화가 조금은 어색했지만, 시간이 가면서 알게 되었다. 우선 총영사관이라는 조직이 해외에 있어 총영사에게 모든 권한이 집중될 수밖에 없었다. 또한 내가 지켜본 외교부는 정보 기관만큼이나 명령 체계가 잘 서 있는 조직이기도 하였다.

　　상황이 이렇다 보니 총영사는 한마디로 총영사관의 왕이나 다름없었다. 그렇다고 해서 모든 재외공관에서 이것이 문제가 되지 않을 것이다. 다만 그 자리에서 나르시시즘적인 환상에 빠져 들지는 않고 지시만 하는 리더가 총영사로 취임하여 군림한다면 그 상황은 뻔할 것이다.

★

어린 왕자가 첫 번째로 방문한 별에는 왕이 살고 있었다.

"아! 신하가 한 명 왔구나!"

어린 왕자를 본 왕은 크게 소리를 질렀다.

이때 어린 왕자는 조금 당황스러웠다.

'처음 보는 나를 어떻게 알아본 거지?'

이때까지만 해도 어린 왕자는 왕의 세상이 무척 단순하다는 것을 미처 깨닫지 못했다.

하지만 어린 왕자는 왕과 대화를 통해 그에게는 모든 사람이 다 신하라는 사실을 알게 되었다.

그는 시도 때도 없이 무작정 명령을 내리기도 했다.

"자! 하품해 보아라. 명령이다."

"너에게 앉기를 명한다."

"너를 법무 대신으로 삼겠노라!"

"너를 짐의 대사로 임명하노라!"

또한 그는 이치에 맞는 명령만 내린다고 하면서, 때가 오기를 기다리라고도 하였다.

"해가 지는 것을 보고 싶어요."라는 어린 왕자의 부탁에 대하여 "오늘 저녁 일곱 시 사십 분경까지 기다리면 된다."라고 대답하는 식으로 말이다.

어린 왕자가 첫 번째로 방문한 별의 왕은 전형적인 나르시시스트라고 보아야 할 것이다. 그는 아무도 살지 않는 행성에서 왕 노릇을 하고 있으며, 어린 왕자를 처음 보자마자 신하라고 부른 것만 보아도 그는 자기애(自己愛)로 똘똘 뭉친 사람임이 분명하다. 또한 처음 본 어린 왕자에게 이것저것 두서없이 명령을 내리는 것으로 보아, 그는 오직 권력을 사용하는 데에만 정신이 팔려있는 사람일 것이다. 그는 자기 생각이 옳다고 생각하면 그것으로 법을 만들고, 명령을 내리고, 위반하는 자에 대해서는 처벌을 내리는 것이 왕의 일이라는 확신을 가진 사람이었다. 그리고 당장 실현 불가능한 명령에 대해서는 때가 될 때까지 기다리면 된다는 황당한 논리를 펴기도 했다. 이런 측면에서 보면 그는 과대망상 환자일 수도 있다.

이상을 살펴보면 첫 번째 별의 왕은 지독한 나르시시즘 (Narcissism)에 빠진 사람임이 분명하다. 여기서 말하는 나르시시즘은 '지나친 자기애(自己愛)' 또는 '지독한 자기 중심적인 성향'을 뜻하는 정신분석학 용어다. 이 용어는 잘 알려진 것처럼 '물에 비친 자기 모습에 반해서 물에 빠져 죽었다는 그리스 신화의 인물 나르키소스'의 이름을 본뜬 것으로, 독일 정신과 의사 '파울 네케(Paul Näcke)'가 1899년에 만든 말이다.

내가 함께 근무한 총영사 또한 자기애가 상당히 강한 사람으로, 어느 정도는 나르시시즘에 빠진 것 같은 사람이었다. 그는 자주 자기는 지금 여기에 있을 사람이 아닌데, 시대를 잘못 만나 더 큰 자리로 가지 못하고 있다고 말하곤 했다. 물론 그의 말대로 시대를 잘 만났으면, 그는 외교부 내에서 최고 자리까지 올랐을 것이라는 주변 평가도 있었다. 하지만 영웅은 시대 탓을 하지 않는다고 하지 않던가. 또한 그는 대부분의 결정을 고독하게 혼자서 하는 성향을 가지고 있었다. 그것은 총영사관의 모든 직원이 자기 후배이기도 했지만, 스스로가 제일 똑똑하다고 생각했기 때문이라는 생각도 든다. 어쩌면 그는 영사관에서 나를 처음 보았을 때 '아! 신하가 한 명 왔구나!'하고 외쳤을지도 모르겠다.

영사관이라는 특수한 조직에서의 경험은 나를 많이 바꾸어 놓았다.

첫째, 많이 듣는 사람이 되자.

둘째, 내 자리만 중요한 것이 아니라는 생각을 하자.

셋째, '나만 옳다는 생각'을 머릿속에서 지우자.

우리는 마음속에 정도의 차이는 있어도 '나만 옳다'는 생각을 품고 있다.

그렇지만 이 말만 마음속에서 지워내도, 존경은 아니더라도 분명히 존중받는 사람이 될 수 있을 것이다.

이제는 '나만 옳다는 생각'은 지우고,

'다른 사람이 옳을 수 있다는 생각'을 가슴 깊이 새겨보면 어떨까?

우드버리(Woodbury)라는 행성

¶ 미국 쇼핑의 성지, 우드버리

미국은 세계에서 가장 큰 소비 시장이고, 그중에서도 뉴욕 지역은 미국을 대표하는 쇼핑 시장이다. 그래서 전 세계 관광객들에게 뉴욕 지역 쇼핑이 필수 코스로 자리잡은 것 같다. 이러한 코스 중에서 절대 빠질 수 없는 곳 하나를 들라면, 단연 미국 쇼핑의 성지 '우드버리 아웃렛'일 것이다. 이곳은 뉴욕 도심을 기준으로 북쪽에 있으며, 정식 명칭은 'Woodbury Common Outlet'이다.

1985년에 문을 연 이곳은 대략 250여 개의 매장이 운영되고 있어, 미리 매장 지도를 준비해서 가지 않으면 워낙 공간이 커서 헤매

다가 시간이 다 지나갈 수도 있다. 특히 이곳이 최고로 붐비는 시기는 매년 11월 말에 시작하는 블랙프라이데이 주간이다. 참고로 '추수감사절' 다음 날인 금요일이 매년 블랙프라이데이 첫날이다. 들리는 말로는 우드버리 상인들은 이 시기에 1년 총매출의 50% 이상을 올린다고도 한다. 이런 이유로 이 주간에는 전날부터 밤을 새워 줄을 서지 않으면, 원하는 제품을 구하지 못하는 경우가 많다.

나는 직장 생활 때문에 전날부터 줄을 설 수는 없었지만, 그 시기에 하루 정도 휴가를 내고 아내와 함께 우드버리에 가곤 했다. 이 시기에는 나뿐만 아니라 보통 남자들은 아내를 좇아다니기 바쁘다. 동서양을 막론하고 아내들이 쇼핑을 주도하는 것은 똑같은 것 같다. 나와 아내는 그때 의류나 신발, 아이들 가방 등을 가리지 않고 카트에 담기 바빴다. 왜냐하면 이 시기보다 물건을 더 싸게 살 수 있는 시기는 없었고, 그 가격에 다시 사려면 1년을 또 기다려야 하기 때문이었다. 하지만 싼 게 비지떡이라고 했던가. 물건을 욕심껏 사들였지만, 처박아 두었다가 그냥 버린 물건도 상당했던 것으로 기억한다. 특히 아이들 옷이나 신발이 그러했다. 한참 성장하는 시기여서 그런지 조금 시간이 지나면 맞지 않아 기부하거나 버릴 수밖에 없었다. 항상 욕심의 끝은 이러한 것 같다.

우드버리에서 아내가 특히 관심을 가지고 방문했던 매장은 코치, 구찌, 페라가모, 프라다 매장들이었다. 아무래도 여성들이 좋아하는 브랜드였기 때문이리라. 그런데 아내와 함께 매장에 들어가 보면 제일 많이 눈에 띄는 사람들은 한국인이나 중국인이었다. 신기한 장면도 많이 보았다. 많은 여성이 명품 가방을 골라서 양팔에 대여섯 개씩 걸고 쇼핑을 계속하고 있었다. 일부 사람들은 동일 상품을 두고 서로 자기가 먼저 골랐다며 언쟁을 높이는 장면도 보았다. 처음에는 한 사람이 그토록 많은 물건을 매입하는 것이 도저히 이해되지 않았다. 한편으로는 그 많은 가방을 사다가 어디에 쓰려고 하는지 궁금하기도 했다. 나중에 아는 지인을 통해 물어보니, 그 사람들 대부분은 보따리상이라고 했다. 그들은 블랙프라이데이 주간에 명품을 집중적으로 사들인 후, 자국으로 돌아가서 적게는 몇 배에서 몇십 배까지 튀겨서 판다고 했다.

그런 사람들 때문에 많은 소비자는 가장 중요한 시기에 안타깝게도 정작 필요한 물건을 살 수가 없었다.

별을 소유하는 거지.

어린 왕자는 사업가가 사는 별을 방문한다. 그런데 그는 바빠서 그런지 어린 왕자가 다가가도 고개를 들지 않고 계속 숫자만 세고 있었다.

"3 더하기 2는 5, 5 더하기 7은 12, 26 더하기 5는 31, 그래서 합이 5억 1백62만 2천7백31이구나!"

"뭐가 5억 개라는 거예요?" 어린 왕자는 궁금해서 물어볼 수밖에 없었다.

"별을 말하는 거란다."

"그런데 5억 개나 되는 별을 세서 무엇을 할 건데요?"

"정확하게는 5억 1백62만 2천7백31개지. 나는 중요한 일을 하는 사람이고, 또한 정확한 사람이란다."

"그러니까 그 별로 무엇을 할 건데요?"

"그거야 소유하는 거지."

"별을 소유한다고요?"

"그렇단다."

어린 왕자가 끈질기게 별을 소유하는 게 그에게 어떤 의미가 있는지 캐묻자,

그는 "부자가 되기 위해서란다."라고 답변했다.

어린 왕자와 만난 사업가는 전형적인 천민 자본주의자라고 할 수 있다. 그가 별을 세는 이유는 부자가 되기 위함이라고 하지만, 별은 소유할 수 없는 것이다. 하지만 그는 별을 세는 것이 매우 중요한 일이고, 그럼으로써 자기가 별을 소유하게 된다고 믿고 있었다. 물론 그는 별을 현실적으로 소유할 수는 없다. 그렇지만 그가 진짜로 별을 소유하게 된다면 어떤 일이 벌어질까? 분명 그는 별을 독점함으로써 막대한 이익을 얻게 될 것이다. 이러한 독점 구조하에서는 공정한 자유 경쟁이나 혁신의 직업 윤리는 상실되고, 타락한 자본주의만 만연하게 될 것이다. 이러한 점을 고려해보면, 별을 세는 사업가는 어떤 면에서는 천민 자본주의를 꿈꾸는 사람일 수도 있다는 생각이 든다.

미국 건국 초기 정치가이자 과학자인 벤저민 프랭클린(Benjamin Franklin)은 돈에 대해서 '버는 것보다 적게 쓰는 법을 안다면, 현자의 돌을 가진 것과 같다.'라는 명언을 남긴 것으로 유명하다. 그는 젊었을 때 밑바닥에서 시작하여 근면과 성실성으로 커다란 성취를 이루었기 때문에 미국 사람들은 그를 '최초의 미국인'이라고 부를 만큼 존경하고 있다.

사람이 사는 데 있어 돈은 무척 중요하다. 하지만 우리가 살아가는 세상에서 돈이 전부가 아니라는 것은 누구나 잘 알고 있다. 그런데도 모든 사람은 돈을 원한다. 특히나 요즘과 같은 자본주의 사회에서는 돈 자체에 의미를 두는 사람들이 온 지구에 가득한 것이 현실이다. 이런 상황을 마치 예측이나 한 것처럼 벤저민 프랭클린은 '돈'을 '현자의 돌'에 비유한 것 같다.

우드버리에서는 나뿐만 아니라 보따리상들도 분명 돈을 좋는 사람들이었다. 나는 싸다는 이유로 돈을 절약하기 위해, 보따리상들은 미국과 한국 사이에서 막대한 시세 차익을 노리기 위해, 어쩌면 같은 공간에 있었을지도 모를 일이다. 그렇게 본다면 나는 꼭 필요치 않은 물건까지 사 모으면서 결국에는 사회적으로 필요한 재화를 낭비한 셈이다. 또한 보따리상들도 시세 차익을 노림으로써 물건이 정말로 필요한 이들의 욕구를 빼앗아 버렸다고 할 수 있다.

어린 왕자는 사업가를 보면서 '진정한 소유는 돌봄이다.'라는 말을 했다. 여기서 돌본다는 뜻은 아마 물건을 잘 사용하는 것이 아닐까 한다. 그러면 소유의 가치는 당연히 사용 가능성에 있게 된다. 어린 왕자가 사업가를 비판한 이유도 '그가 재산을 쓰려고 모으는 것이 아니라, 단지 소유만 하고 있으려고 했기 때문'이었을 것이다.

이처럼 사용하지 않고 소유만 하고 있다면,

벤저민 프랭클린이 말한 '현자의 돌'을 가졌다고 할 수 없다.

무려 300여 년 전에 '현자의 돌'을 이야기한 벤저민 프랭클린의 혜안은

오히려 지금 시대에 더 맞는 말 같지 않은가.

3부 이국 땅의 낯선 풍경들

신 고려장(新 高麗葬)

¶ 비정한 도시

총영사관은 주재국에서 벌어지는 재외 국민의 각종 사건·사고를 처리한다. 현재 기준으로 해외에 체류하는 재외 동포가 700만 명 정도가 된다고 하니, 이들의 사건·사고는 외교부의 핵심 업무가 될 수밖에 없다. 사건·사고가 주로 발생하는 국가로는 재외 동포가 가장 많이 거주하는 일본뿐만 아니라 필리핀, 중국 등이 있다. 또한 이들 국가보다는 발생 건수가 적다고는 하지만, 미국도 예외는 아니다. 이런 각종 사건·사고는 매년 증가 추세여서 정부에서도 경찰청 직원을 영사관이나 대사관에 영사로 보내 대처하고 있다.

뉴욕 총영사관은 뉴욕 주를 포함하여 5개 주를 담당하고 있고, 재외 동포 숫자가 불법 체류자를 포함하면 50만 명 정도 된다. 이 때문에 뉴욕 총영사관도 각종 사건·사고 처리에 늘 골머리를 앓고 있다. 그러한 사건·사고 중에서 가장 가슴 아픈 일은 아무래도 사망 사건일 것이다.

내가 근무할 때 있었던 일 두 가지 사례를 들어본다.

첫 번째는 여성 유학생이 아파트에서 투신한 사건이다. 그 여성은 뉴욕에서 유학 생활을 하며 미국 국적 한인과 동거 관계를 유지하고 있었는데, 갑자기 남자가 관계를 끊자 투신하게 되었다. 나중에 들어보니 미국 국적 한인과의 관계가 끝나면, 그 유학생은 체류 신분 문제로 귀국할 수밖에 없는 상황으로 평소에도 심적 부담감을 크게 가지고 있었다고 한다.

두 번째는 미 동부 해안 도시인 저지시티(Jersey City)의 바닷가에서 한인 남자가 투신 자살한 사건이다. 당시 한국에서 소식을 듣고 급하게 온 가족들은 자기 아들이 절대 자살했을 리가 없으니 사망 원인을 다시 조사해 달라며 울부짖었다. 어쩔 수 없이 영사관에서는 미국 경찰의 도움을 받아 사건 현장 CCTV를 가족들에게 보여주었다. 예상한 대로 그 CCTV에는 한 남성이 카지노에서 나온 후 바닷가로 전력 질주하는 장면이 고스란히 담겨 있었다.

이 두 가지 사례는 그래도 사망자 신원이 확인되어 무사히 가족에게 인계할 수 있어 다행이었다. 그렇지만 신원 파악조차 되지 않아 미국 공동묘지에 무연고로 매장되는 안타까운 사례도 가끔 발생한다.

이 외에도 여러 가지 사건·사고를 경험하거나 전해 들었지만, 그중에서도 가장 가슴을 아프게 한 사연은 아무래도 '신 고려장' 사건이 아닌가 한다. 잘 알다시피 '고려장'이란 기근에 시달리는 가족들이 늙고 쇠약한 노인을 산에 버렸다는 고려 시대의 장례 풍습이다. 그런데 이런 일이 요즘 같은 세상에서, 그것도 세계 최대 도시인 뉴욕 한복판에서 일어나고 있다는 말을 듣고 '신 고려장'이라는 이름을 붙여 보았다.

내가 들은 사연은 이렇다. 몇 해 전에 자식들이 효도 여행차 노모를 모시고 뉴욕에 와서 돌아갈 때는 노모를 뉴욕에 놔두고 그냥 귀국해 버린 것이다. 여권 등 신분증도 없이 시내를 떠돌던 그 노모는 우연히 영사관의 사건 담당 직원과 연결되어 신분 확인 후 무사히 한국으로 귀국시켰다. 이때 그 노모가 눈물을 흘리면서도 한국 연락처를 기필코 밝히지 않으려고 해서 무척 애를 먹었다는 말도 들었다.

참으로 안타까운 사연이지만, 더욱더 무서운 얘기도 있다. 뉴욕에 고려장 당한 사람 중에는 치매환자나 정신질환을 앓고 있는 노인들도 있다는 것이다. 미국인들은 이들이 어느 나라 사람인지 구분하기가 힘든 관계로, 이들을 발견하자마자 곧바로 미국의 시설로 보내버리게 된다. 이런 경우는 영사관에서도 사실 관계를 파악할 수 없음은 물론이다. 이 때문에 영사관 사건 담당 직원은 뉴욕 경찰과 수시로 연락을 주고받으며 정보를 파악하기도 하지만, 그렇게 찾아내는 사례는 극히 드물고 대부분은 무연고 노인으로 처리되는 경우가 많다.

죽느냐 사느냐의 문제

★

비행사는 마음 터놓고 대화할 사람 한 명 없이 외롭게 지내다가 6

3부 이국 땅의 낯선 풍경들

년 전 어느 날 사하라 사막에서 비행기가 고장이 난 적이 있었다. 비행기 엔진에 문제가 있는 것 같았다.

당연히 정비사도 승객도 없어 그는 혼자서 수리를 할 수밖에 없었다. 그에게는 그야말로 죽느냐 사느냐 하는 문제였다. 그리고 마실 물도 겨우 일주일 분밖에 남지 않았다.

사고 첫날밤, 그는 사람이 사는 곳에서 수만 리나 떨어진 사막에서 잠이 들었다. 그는 드넓은 바다 한가운데에서 뗏목에 몸을 의지한 채 표류하는 사람보다 훨씬 더 외로운 신세였다.

어린 왕자 속의 비행사는 늘 외로움 속에서 살았다. 그는 어려서부터 남들과 다른 생각을 하고 있었기 때문에 그들과 진솔한 대화를 나누기 어려웠을 것이다. 어찌 보면 어른들에게 인정받지 못하는 자괴감이 외로움을 더 키웠을지도 모를 일이다. 그러다가 그는 사하라 사막에 추락하게 된다. 그곳은 사람이 전혀 살지 않는 지역이고 마실 물도 거의 없어, 그는 공포 속에서 지금까지와는 비교조차 불가능한 극한의 외로움에 빠지게 된다.

Story 21. 신 고려장(新 高麗葬)

사람은 기본적으로 위급한 상황이나 고립 무원의 상태에 빠지게 되면, 극한의 외로움을 느낄 수밖에 없다. 이러한 외로움은 인정받지 못하는 데에서 오는 외로움과는 분명 차원이 다르다. 더군다나 난생처음 겪어보는 환경에 처하게 된다면, 그곳은 지옥과도 같게 느껴질 것이다. 보통 사람들은 누군가와 함께 있는 것만으로도 어느 정도 위안을 느끼는 존재라고 할 수 있다. 만약 아무도 없는 곳에 홀로 외로이 있어야 하는 상황에 부닥치게 되면, 누구에게나 이는 공포를 넘어 절망으로 다가오게 된다.

노르웨이 베르겐 대학의 철학 교수인 '라르스 스벤젠(Lars Svendsen)'은 그의 저서 《외로움의 철학》에서 다음과 같이 주장한다.

"인간의 실존은 언제나 필연적으로 [더불어 - 있음]이다. [더불어 - 있음]은 사실 우리가 우리 자신을 알기 위해 반드시 전제되어야 하는 조건이다. 우리는 다른 사람의 눈을 통해서 우리 자신을 알게 된다. 우리가 고독 속에서 보내는 시간조차도 상당 부분은 타자들과의 관계와 관련이 있다. 우리는 비록 고독을 선택할지라도 여전히 사회적 동물이다."

뉴욕에 버려진 할머니는 어찌 보면 어린 왕자 속의 비행사처럼 사막에 떨어진 것과 같다고 할 수 있다. 물론 이때의 사막은 자연적인 사막이 아니라 관계의 사막이다. 그 할머니의 처지에서 생각해 보자. 자식들이 해외 여행을 시켜준다고 해서 즐겁게 한국을 떠나왔지만, 혼자만 버려졌으니 얼마나 두려웠겠는가? 말도 통하지 않고, 인간관계가 전혀 없는 뉴욕이라는 사막에 떨어졌으니 그 두려움은 공포 영화 수준이었을 것이다. 그리고 혹시나 하는 마음에 자식들이 자기를 찾으러 올 거라 믿으면서 기다리고 또 기다리는 기대 속에서 느낀 외로움은 말로 표현하기조차 불가능할 것이다.

지금도 눈앞에 선하다.

황량한 사막 속에서 외로움에 치를 떨고 있는 비행사나 뉴욕 할머니의 모습이.

비행사나 뉴욕 할머니 또한 많은 것을 바라지는 않았을 것이다.

단지 옆에만 있어 줘도, 가끔 말만 들어줘도, 때로는 눈만 마주

해줘도 그것으로 충분했을 것이다.

　　'라르스 스벤젠'이 말한 것처럼,

　　인간 실존은 언제나 필연적으로 [더불어 - 있음]에 있다는 말을

잊지 않았으면 한다.

　　　　　　　나 또한

　　우연찬 기회에 사막에 떨어질 수도 있으니.

　　필연적으로 노년을 맞이할 운명을 가지고 태어났으니.

살려주세요

¶ 어느 부산 할머니의 눈물

영사관에서 민원실장으로 근무하던 어느 여름날이었다. 사무실에서 서류를 검토하고 있는데, 민원실 창구 쪽이 조금 소란스러웠다. 어느 정도 늘 어수선한 곳이 민원실이기 때문에 조금 있으면 진정되리라 생각했다. 그런데 행정 직원이 내 방으로 들어와 조금은 복잡한 사건이 발생했다고 보고하는 것이 아닌가.

무슨 일인지 물어보니 할머니 한 분이 민원실로 들어와 눈물을 흘리며 살려달라고 하소연하고 있다는 것이었다. 이런 사례는 처음이었기 때문에 할머니 이야기를 좀 더 자세히 들어보기로 했다. 그것은 누가 들어봐도 기가 막힌 사연이었다.

할머니는 몇 년 전에 뉴저지에 사는 둘째딸과 외국인 사위의 초청으로 미국에 입국했다. 처음에는 모든 면에서 크게 문제가 없었다고 한다. 딸과 사위 모두 할머니에게 친절하게 대해 주었고, 가끔 함께 여행도 다니고 해서 만족스러웠던 것 같았다. 물론 딸과 사위가 출근하고 나면 집 안에 머물러 있어야 하는 것이 조금은 불편했다고 말했다. 그 이유는 언어가 통하지 않아 밖에 나가는 것조차 두려웠기 때문이다. 그래도 1년 정도는 큰 문제 없이 지냈는데, 딸과 사위가 조금씩 본색을 드러냈다고 했다.

할머니는 미국에 오기 전에 혼자 살기에는 불편함이 없을 정도로 재산이 있었던 듯하다. 그런데 미국 입국 1년 후부터 딸과 사위는 사업상 문제가 생겼다면서 할머니 재산을 조금씩 처분하기 시작했다. 물론 할머니는 딸과 사위의 사정이 안타까워 기꺼이 한국에 있는 부동산을 처분해 주었다. 그렇지만 시간이 가면서 그들의 요구는 점점 집요해졌고, 결국에는 부산에 있는 아파트 한 채만 빼고 전 재산을 처분하기에 이르렀다. 그런데도 그들의 요구는 멈출 줄 몰랐다고 하였다. 기어코 할머니의 단 한 채뿐인 아파트까지 팔도록 강요했다는 것이다. 그렇지만 할머니는 그 아파트만은 포기할 수 없었다고 한다. 그 이유는 먼저 가신 할아버지의 숨결이 스며 있는 그 아파트만은 포기하고 싶지 않았기 때문이었다.

더 안타까운 일은 그 이후부터 시작되었다. 딸과 사위는 할머니가 도망갈까 봐 할머니의 여권과 신분증을 빼앗아 숨겨두었을 뿐만 아니라 식사도 제때 챙겨주지 않고 구박을 일삼았다고 한다. 그렇게 1년 이상을 학대 속에서 지내다가 우연히 주변 사람의 도움을 받아 영사관으로 탈출 아닌 탈출을 감행한 것이다. 너무도 처절한 사연이어서 어떤 방법이든 도와주기 위해 먼저 지문과 주민등록번호로 할머니의 인적 사항을 파악하였다. 그러다 보니 큰딸이 강원도에 살고 있다는 사실도 알아냈다.

그래서 한국에 있는 외교부를 통해 강원도에 있는 큰딸에게 도움을 요청했다. 왜냐하면 할머니는 동전 한 푼 가지고 있지 않았기 때문이었다. 그런데 큰딸의 반응이 의외였다. 자기는 어머니와 미국에 있는 작은딸 사이에 관여하고 싶지 않다는 것이었다. 그래도 낳아 준 어머니인데 도와줘야 하지 않겠냐고 설득했지만, 큰딸은 할머니 귀국 비행기 표만 자기가 책임지고, 공항에도 나가지 않겠다며 고집을 꺾지 않았다. 어쩔 수 없이 할머니의 긴급 여권을 발행하고, 인천 공항에 외교부 직원이 나가서 돌보기로 하였다. 그리고 영사관 민원실 근처에 숙소를 마련하고, 할머니를 그곳으로 모셨다.

그날 저녁에 작은딸로 인해 난리가 났다. 어디서 들었는지 할머니가 영사관 민원실에 있다는 소식을 듣고 협박을 가해왔다. 그녀는 할머니가 제정신이 아닌 상태에서 민원실에 간 것이니, 자기 집으로 할머니를 돌려보내 달라고 요구했다. 그렇지 않으면 법적으로 조치하겠다며 윽박질렀다. 나는 그때 물러서지 않았다. 그쪽에서 법적 조치를 하면, 우리 쪽에서도 경찰에 연락을 취하겠다고 단호하게 대처했다. 그랬더니 더는 연락이 없었다.

결국 할머니는 무사히 한국으로 귀국할 수 있었고, 외교부 직원의 도움으로 공항에서 부산 자택으로 무사히 돌아갈 수 있었다. 그 이후의 소식은 듣지 못했지만, 가끔 부산에 갈 기회가 생길 때마다 그 할머니가 잘 살고 있는지 궁금해지곤 한다.

그것참 이상한 생각이네!

★

비행사는 어린 왕자에게 양이 들어 있는 상자를 그려서 주고, 그 양을 어디로 데려가려고 하는지 물어본다.

"내가 그려 준 양을 어디로 데려가려는 거지?"

어린 왕자는 잠시 생각에 잠겨 있다가 대답한다.

"아저씨가 그려 준 상자는 참 좋은 것 같아. 밤에는 집으로 쓸 수 있으니까."

"그렇지? 만약 네가 조용히 있으면, 낮에 양을 매어둘 고삐와 말뚝도 그려서 줄게."

"양을 매어둔다고? 그것참 이상한 생각이네." 어린 왕자는 이 제안이 마음에 들지 않았던 것 같다.

"하지만 매어두지 않으면 양이 길을 잃을 수도 있잖니."

살려주세요

어린 왕자는 그냥 웃음을 터트리며 말했다.

"가긴 어딜 간다는 거야?"

"어디든지, 가다 보면 길을 잃을 수도 있을 테니."

그러자 어린 왕자가 말했다.

"걱정하지 마. 내 별은 아주 작아서 멀리 갈 수 없는 걸."

이렇게 비행사는 어린 왕자가 사는 별이 겨우 집 한 채 정도밖에 되지 않는다는 사실을 알게 되었다.

비행사는 어린 왕자에게 양이 들어 있는 상자를 그려서 준 후, 그 양이 말썽 피울 것이 걱정되어 고삐와 말뚝도 그려 주겠다고 제안 했을 것이다. 그러면 양이 도망갈 염려는 없을 테니까. 그렇지만 어린 왕자는 양을 매어둔다는 말을 이해하지 못했다. 어린 왕자는 양을 매어두는 것을 구속이라고 이해했던 것 같다. 물론 집 한 채 정도 규모의 별에서 고삐와 말뚝이 필요 없다는 생각도 있었을 것이다.

네덜란드의 철학자로서 '구속을 벗어난 자유의 철학'을 주장한 '스피노자(Baruch de Spinoza)'는 '신은 곧 자연'이라고 했다. 그는 인간

외에도 동물, 심지어 풀 한 포기까지도 신이 자기 모습을 드러낸 것으로 보았다. 이렇게 본다면, 세상 누구나 주변 사람들뿐만 아니라 사물들 속에서도 신을 발견하고, 행복에 이르는 길을 찾아낼 수 있다는 것이다. 한편 그는 인간뿐만 아니라 모든 만물이 동등하다고 하면서 행복은 차등 없는 삶에서 시작된다고 주장했다. 그는 어떤 형태든 남을 구속하는 행위는 타인의 행복을 약탈하는 행위로 본 것이다. 이렇게 본다면 사회적 권력, 가족 간 역학 관계, 비공식적 모임의 우열 관계 등에 의해 자행되는 '구속 행위'는 비난받아 마땅한 행위가 될 것이다.

할머니는 어린 왕자가 걱정하는 양과 같은 존재였다고 할 수 있다. 그분은 미국의 조그마한 집에서 보이지 않는 고삐와 말뚝에 묶여 있었다고 할 수 있으니 말이다. 언어도 통하지 않고, 딸과 사위의 감시 속에서 살아가는 그분의 삶은 한마디로 감옥 생활이었을 것이다. 그러한 구속 관계에서 할머니의 삶은 그야말로 인간의 삶이 아닌 짐승의 삶이었다고 할 수 있다.

살려주세요

지금도 조그마한 집 안에 묶여 공포에 떨고 있는 할머니의 모습이 가끔 꿈에 나타난다.

내가 이럴진대 할머니의 딸과 사위가 지금도 반성하지 않고 있다면 그들은 분명 짐승에 불과할 것이다.

스피노자가 말한 대로 "남을 구속하는 행위는 타인의 행복을 약탈하는 행위"라는 점은 분명하다.

우리 주변에는 부산 '할머니'와 같은 분이 늘 있었다.

단지 우리가 외면했을 수도 있다.

그렇지만

우리가 스피노자와 어린 왕자의 눈으로 세상을 바라본다면,

넓은 풀밭에서 자유롭게 뛰어놀고 있는 어린 양을 볼 수도 있지 않을까.

추방자(追放者)

¶ 내가 미쳤었나 봐!

요즘은 우리나라 경제 규모가 성장하면서 외국인 노동자가 많이 들어오고 있고, 불법 체류자 또한 해마다 증가하여 현재는 약 40만 명에 이른다고 한다. 그렇지만 미국의 경우는 불법 체류자가 1,000만 명이 넘는다고 하니, 한국은 어찌 보면 아직은 초기 단계라고 할 수도 있을 것이다.

내가 근무했던 뉴욕도 예외는 아니었다. 정확한 숫자를 파악할 수는 없지만, 영사관에서는 뉴욕에 적어도 수만 명의 한인이 불법 체류자 신분으로 체류하고 있는 것으로 추산하고 있다. 이들이 불법 체류자가 된 사유는 다양하다. 종류별로 살펴보면 캐나다를 경유한 미국 밀입국, 합법적 체류 기간을 넘긴 후 불법 체류, 미국 여행 후 무단 체류 등이 가장 많다. 이 외에도 다양한 형태의 불법 체류자가 거주하고 있다.

이와 관련하여 가장 황당한 사건은 운전면허와 관련된 사례이다. 어느 날 미국 경찰에서 영사관으로 한인 불법 체류자 추방과 관련된 통보가 왔다. 미국의 경우는 불법 체류자를 적발하면 관련 국가의 대사관이나 영사관으로 통보해 준다. 한인 불법 체류자 추방 사례는 빈번하지만, 이번 건은 조금 특이했다. 60세 정도의 한 남성은 불법 체류자 신분으로 10여 년 이상을 미국에서 큰 문제 없이 지내 왔다. 그런데 갑자기 운전면허증을 발급받기 위해 미국 차량관리국(DMV)에 갔는데, 관련 서류를 검토하던 DMV 직원에 의해 불법 체류자 신분이 발각되었다. 나는 너무도 어이가 없었다. 10여 년 이상 적발되지 않고 잘 피해 다니다가 왜 하필 그 시점에 운전면허를 신청하러 갔는지 이해가 되지 않았다. 그래서 그분에게 물어보았더니 어이없는 답변이 돌아왔다.

"그 당시에는 미쳤었나 봐요. 나도, 내가 왜 운전면허를 신청하러 갔는지 도무지 이해할 수가 없어요."

또 한 가지 사례는 70세 정도의 어르신과 관련된 사건이었다. 이분은 가끔 동네 놀이터에서 아이들이 노는 것을 보면서 무료한 시간을 달랬다고 한다. 그러다가 미국 아이가 같은 의자에 앉자 손주 같은 생각이 들어 그 아이의 머리를 쓰다듬었다고 한다. 그런데 이 아이가 갑자기 경찰에 신고해 버렸다는 것이다. 신고 사유는 어이없게도 한인 할아버지가 자기 몸의 소중한 부분을 만졌다는 것이었다. 어쨌든 할아버지는 억울하지만 조사를 받을 수밖에 없었고, 그 과정에서 불법 체류자 신분이 발각되었다.

결국 이 두 분은 안타깝게도 한국으로 강제 출국이 결정되었다. 미국 이민법과 관련된 문제라 한국 영사관에서 달리 도와줄 방법도 없었다. 물론 불법 체류자를 한국으로 보내는 과정도 전부 미국이 도맡아서 처리한다. 예를 들어 불법 체류자가 한국인일 경우 미국 경찰은 미국 공항에서부터 한국 공항까지 한인 불법 체류자와 밀착 동행

한다. 그리고 한국 공항에 도착하면, 그를 한국 공항에 내려놓고 미국 경찰은 곧바로 미국으로 돌아가 버린다.

안타깝게도 이런 과정을 통해 한국으로 돌아온 두 분은 다시는 미국 땅을 밟지 못할 것이다.

내 친구가 되어줘. 나는 외로워.

★

어린 왕자는 사막에 있는 꽃 한 송이와 헤어진 후 높은 산 위로 올라갔다. 지금까지 어린 왕자가 알고 있는 산은 고작 무릎 높이의 화산뿐이었다.

그래서 어린 왕자는 '이토록 높은 산이라면 이 별(지구) 전체를 다 볼 수 있고, 사람들도 한눈에 살필 수 있을 거야.'라고 생각했다.

그래서 어린 왕자는 산에 올라갔지만, 날카로운 바위들 외에는 아무것도 볼 수 없었다.

"안녕." 어린 왕자는 그냥 인사를 했다.

"안녕. 안녕. 안녕. ." 메아리가 대답했다.

"너는 누구니?" 어린 왕자가 물었다.

"너는 누구니. 너는 누구니. 너는 누구니. ." 메아리가 대답했다.

"내 친구가 되어줘. 나는 외톨이야." 어린 왕자가 외쳤다.

"나는 외톨이야. 나는 외톨이야. 나는 외톨이야. ." 메아리가 대답했다.

'정말 이상한 별이네. 메마르고 삐죽삐죽하고 험하고. 게다가 사람들은 붙임성 없이 남이 하는 말만 되풀이하고. 내 별에 있는 꽃은 항상 먼저 말을 걸어왔는데.'

아무도 없는 험한 바위에 서서 어린 왕자는 큰 소리로 인사를 건넸다. 그렇지만 메아리만 돌아왔다. 이때 메아리가 뭔지 모르는 그는 누군가가 자기를 흉내내고 있는 것 같아 불쾌했다. 그래서 어린 왕자는 더욱더 외로움을 느끼게 되었다. 자기 말을 진지하게 들어주는 사람이 없어 그랬을 것이다.

어린 왕자는 친구가 필요했다. 그가 '내 친구가 되어줘. 나는 외톨이야.'라고 외친 것은 다른 사람들이 들으라고 한 말일 수도 있지만, 어쩌면 자기가 떠나온 B612의 장미꽃을 향하여 한 말일 수도 있다. 그만큼 그는 현재 지구라는 별에서 철저한 외톨이 신세였다. 아마도 어린 왕자에게 친구는 자기 별의 장미꽃밖에 없었을 것이다. 비록 까탈스럽기는 했지만, 그래도 먼저 말을 걸어오는 꽃이었으니 말이다. 때로는 그 말 때문에 상처를 받기도 했지만, 지금 어린 왕자는 그 장미꽃이 너무도 그리웠다. 친구란 이런 것이 아닐까 한다. 극도로 외로운 순간에 가장 먼저 생각나는 사람이 진정한 친구가 아닐까.

'천 명의 친구가 있어도 의지할 친구 하나 없고, 한 명의 적이 있어도 어디를 가나 그를 만나게 될 것이다.'

이슬람 시아파의 시조인 '알리 이븐-아비-탈리브(Ali ibn-Abi-Talib)'가 친구에 대해서 남긴 명언이다. 이 말은 '수많은 친구가 있어도 진정한 친구는 없고, 단 한 명이라도 적을 만들지 말라.'는 것을 뜻한다. 우리는 살아가면서 많은 친구를 두고 살아간다. 그렇지만 과연 이 중에서 진정한 친구가 몇 명이나 될까 생각해 보면, 머리가 복잡해지기 마련이다.

뉴욕에서 추방당한 두 분도 평소에 일반적인 지인들은 많았을 것이다. 그렇지만 한 분은 자신도 모르게 DMV로 갔고, 다른 분은 외로움을 달래려고 어린이 놀이터에서 아이들과 함께했다. 아마 이분들에게 진정한 친구가 있었다면, 불법 체류자로 적발되는 일은 없지 않았을까 하는 생각을 가끔 해본다. 한편으로는 이분들의 심정이 이해가 간다. 그들 말로는 불법 체류자 신분이다 보니 가족 외에는 그 누구도 믿을 수 없었다고 했다. 그러니 미국에서 이분들은 진정한 친구를 만들지 못했다고 할 수 있다.

이제라도 두 분 모두 모국에서 진정한 친구를 만나 평온하게 살고 계시길 간절히 기도해 본다.

요즘 코로나 때문에 외로움에 시달리는 사람들이 많다고 한다.

그렇지만 시국이 시국인지라 친구와의 만남도 쉽지 않다.

이럴 때일수록 전화가 힘을 발휘하는 것 같다.

나 또한 외로움에 중독되어 있을 때마다 친구에게 전화라도 하면,

그 외로움이 어느 정도는 달래지니 말이다.

극도로 외로울 때 가장 먼저 생각나는 사람이 친구라고 하니,

지금 당장 그러한 사람이 있다면 과감하게 전화를 해보자.

그리고 '보고 싶다.'라는 말도 해보면 어떨까?

어느 한인의 안타까운 죽음

¶ 형! 나, 죽어버릴 거야!

외교부에는 영사 콜센터라는 곳이 있다. 이곳은 해외에 체류 중인 재외 국민이나 해외 여행자에게 발생하는 각종 사건·사고를 신청받아 처리하는 곳이다. 누구나 해외에서 영사 콜센터로 연락하면 도움을 받을 수 있다. 특히 요즘은 코로나로 해외 여행이 자유롭지 않지만, 영사 콜센터는 지금 이 시각에도 대기하고 있다. 좀 더 자세히 설명하면, 영사 콜센터는 사건을 접수하는 즉시 현지에 근무하고 있는 경찰 영사에게 전화로 연락을 취한다. 그렇지만 미국과 같이 한국과 밤낮이 거꾸로인 나라는 한밤중에 경찰 영사가 전화를 받지 못할 수도 있다. 이 경우에는 보조적으로 동포 영사에게 연락을 취하게 되어 있다. 물론 동포 영사가 전화를 받지 못하는 상황을 대비하여 제3의 비상 연락망도 준비되어 있다.

한 번은 경찰 영사를 통해 안타까운 자살 사건에 대해서 들었다. 어느 날 그 경찰 영사는 밤늦게 영사 콜센터로부터 긴급 전화를 받았다고 한다. 그 내용은 뉴욕에 거주하는 어느 한인 남성이 자살을 암시하는 전화를 한국에 있는 가족에게 걸었다는 것이다. 이 내용을 접수한 경찰 영사는 급히 그 남성이 사는 집으로 출동했으나, 문이 잠겨 있어 미국 경찰을 부르게 되었다. 그렇지만 미국 경찰도 잠긴 문을 열 수가 없었다. 미국은 집주인의 동의가 없으면 아무리 경찰이라고 해도 남의 집 문을 열고 들어갈 수가 없다. 너무도 긴박한 상황이라 미국 경찰과 함께 간신히 집주인을 찾아내어 동의를 구한 후 집 안으로 들어갈 수 있었다고 한다. 하지만 그 남성은 이미 죽어 있었다. 이 일로 인해 경찰 영사는 한동안 트라우마에 시달렸다. 왜냐하면 조금만 더 일찍 집주인을 찾아냈으면 조금만 더 일찍 출동했으면 혹시나 그 남성을 살릴 수 있지 않았을까 하는 마음이 계속 맴돌았기 때문이었다.

이와 비슷한 사례가 또 한 번 있었다. 뉴저지 쪽에 거주하는 한인 남성이 한국에 있는 형에게 죽어버리고 싶다는 전화를 했다는 것이었다. 그런데 영사 콜센터에서 경찰 영사에게 연락을 취했으나 전화를 받지 않아 당시 동포 영사였던 나에게 전화가 오게 되었다. 나는 이전에 발생했던 사건을 들었던 터라 마음이 급해졌다. 하지만 난 당시에 다른 주에 출장 중이어서 출동이 어려웠던 관계로 영사관 사건·사고 담당 현지 직원에게 급하게 출동 명령을 내렸다. 새벽 1시부터 조마조마한 마음으로 직원 전화를 3시간 넘게 기다렸는데, 그 시간은 마치 30년은 된 것처럼 길게 느껴졌다.

3시간 뒤에 드디어 직원으로부터 연락이 왔는데 정말로 어이가 없었다. 이번에도 지난번과 마찬가지로 미국 경찰과 집주인을 어렵게 수배해서 문을 열고 들어갔다. 그런데 방 안의 상황은 전혀 딴판이었다. 한인 남성이 술에 곯아떨어져 자고 있었다는 것이다. 그래서 그를 깨워 자초지종을 설명했는데, 막무가내로 막 욕을 퍼부었단다. 술을 먹다가 취해서 형에게 장난으로 죽고 싶다고 전화했는데, 집주인과 경찰까지 대동하고 와서 창피하다는 것이었다. 참으로 그 남성

의 행태가 기가 막혔지만, 지난번처럼 사망 사건이 아니어서 안도의
한숨을 내쉴 수 있었다.

자... 이제... 다 끝났어...

★

어린 왕자는 뱀에 물린 상태에서 간신히 말을 했다.

"바로 저기야. 나 혼자 걸어가게 해 줘."

그러더니 그는 털썩 주저앉았다. 아마 무서웠기 때문이리라.

그는 다시 말했다.

"아저씨. 꽃말인데. 나는 그 꽃에 책임이 있어!

더군다나 그 꽃은 너무도 연약해.

그리고 너무 순진해서 별것도 아닌 네 개의 가시로 자기를 지킬
수 있다고 생각하거든. ."

"이제. 다. 끝났어. ."

이렇게 말하고 어린 왕자는 한 걸음을 더 내디뎠다.

비행사는 꼼짝도 할 수 없었다.

그때 어린 왕자의 발목에서 노란빛이 반짝였다.

그리고 어린 왕자는 미끄러지듯 스르르 쓰러졌다.
모래 때문에 그런지 아무 소리도 들리지 않았다.

어린 왕자는 숙명적으로 죽어야만 자기 별로 돌아갈 수 있었다. 즉 무거운 껍데기에 불과한 몸을 벗어나야만 갈 수 있는 길이었다. 그래서 어린 왕자는 뱀에게 죽임을 부탁한다. 그렇지만 어린 왕자는 죽음이 무섭다. "이제… 다… 끝났어…."라고 힘없이 말하는 어린 왕자의 말에서 그의 두려움이 느껴지지 않는가? 그렇지만 결국은 가야 할 길이다. 왜냐하면 그는 장미꽃에 대한 책임을 지고 있었기 때문이다. 어린 왕자의 그러한 결정은 참으로 어려운 선택이었을 것이다. 그런데도 반드시 돌아가서 보살펴야 할 대상이 있기에 결국 어린 왕자는 죽음의 길로 걸어갔다.

'삶은 부조리하고 불합리한 일이 가득하다 하여도
자살은 그 현실에 순응하는 것이고,
살아간다는 것은 그 부조리한 현실과 맞서 싸우는 것이다.'

어느 찬인의 안타까운 죽음

'알베르 카뮈(Albert Camus)'가 《시지프의 신화》에서 자살에 관하여 한 말이다.

나는 우리나라도 아닌 타국에서 자살을 선택한 사람이 느꼈을 외로움과 그 고통이 얼마나 컸을까 하고 가끔 생각해 본다. 물론 세상이 그리 만들었을 것이고, 그 사람의 환경도 계속 꼬여서 그랬을 것이고, 실오라기 같은 운도 따라주지 않았을 수도 있다. 정말 사람이 이런 환경에 처하게 되면, 극도의 절망감에 빠질 수밖에 없을 것이다. 그래서 고독한 결단을 내렸을 것으로 보인다. 더는 희망도 없고, 내일이면 더 나빠질 테고, 그럴 바에야 조금이라도 더 나은 지금 결정을 내리자고 판단했을 수도 있을 것이다.

그렇지만 알베르 카뮈의 말대로 삶이 아무리 부조리해도 자살이라는 것은 그 부조리에 굴복하고 마는 것이다. 한 번뿐인 인생을 그렇게 살 수는 없지 않은가? 조금은 힘들더라도, 때로는 세상이 더럽더라도 살아가는 것 자체가 부조리한 현실과 맞서 싸우는 것이니, 절대로 굴복하지 말았으면 한다.

어린 왕자의 죽음 또한 자신이 선택한 것이니 자살로 볼 수도 있을 것이다. 하지만 어린 왕자는 육체를 버려야만 돌아갈 수 있어 그리 선택한 것일 뿐이다. 그런데도 어린 왕자는 극도의 두려움을 느낀다. 때로는 발걸음이 떨어지지 않는다. 유에서 무로 가는 죽음이 아닌데도 말이다. 이처럼 자살을 통한 죽음은 인간의 실존 자체를 말살시키는 것이니, 아무리 힘들더라도 우리의 선택지에서 지워버려야 한다.

뉴욕의 안타까운 그 사람은 어린 왕자처럼 이렇게 속삭였을지도 모르겠다.

"정말, 네 독은 좋은 거지? 날 아프게 하지 않을 거지?"

지금도 그 생각을 할 때마다 눈물이 난다.

나도 눈물이 나는데, 그 사람은 얼마나 아팠을까? 얼마나 힘들었을까?

그러면서도 부조리한 현실과 맞서 싸우지 못한 그가 아쉬울 따름이다.

우리 이혼하게 해주세요

¶ 이혼 전문 영사

해외에 거주하는 재외 국민들이 가장 자주 접하는 곳이 아마도 총영사관 민원실일 것이다. 민원실은 어찌 보면 작은 대한민국이라고 할 수 있다. 이곳에서는 여권, 비자, 병역, 국적 관련 서류 처리뿐만 아니라 가족관계 등록 등의 업무도 처리할 수 있다. 이뿐만 아니라 2012년부터는 재외 국민도 해외에서 투표를 할 수 있게 되어, 선관위에서 파견된 '재외 선거관'과 동포 영사 그리고 민원실이 협조하여 재외 국민 투표 업무도 이루어지고 있다.

내가 총영사관 민원실장으로 근무하면서 가장 하고 싶지 않았던 업무 중 하나는 이혼 관련 업무였다. 재외 국민들의 이혼 절차는 국내와 크게 다르지 않다. 다만 이들이 해외에 체류하고 있어 이혼 당사자 의사를 영사관에서 확인하는 절차가 하나 더 있을 뿐이다. 이때 민원실을 총괄하는 영사인 민원실장은 반드시 이혼 당사자들을 직접 만나 그들의 의견을 청취해야 한다. 내가 처음 이 업무를 맡았을 때, 전임자는 나에게 그냥 쌍방의 이혼 의사만 확인하고 바로 도장만 찍어주면 된다고 말해 주었다. 그렇지만 나는 그럴 수가 없었다. 그래서 나는 양측의 의견을 듣고 중재를 해주려고 노력했다.

이때 상담을 진행하면서 이혼하려는 사람들의 유형을 파악하게 되었다. 가장 많았던 유형은 성격 차이로 인한 이혼이었다. 두 번째는 가정 내 불화로 인한 이혼, 세 번째는 한쪽 상대방의 외도 등이었다. 물론 이 외에도 여러 가지 다른 사유가 있었지만, 대부분은 세 가지 유형에 해당하였다. 이러한 사람들을 1년 정도 만나다 보니 나중에는 내 사무실에 들어오는 이들의 얼굴만 봐도 이혼 사유를 대충 짐작할 수 있었다. 첫 번째 유형의 사람들은 분위기가 썩 나쁘지 않았다. 아마 보다 개방적인 미국에서 살다 보니 서로 '쿨'하게 헤어지는 유형 같았다. 두 번째와 세 번째 유형은 사무실에 들어올 때부터 심각한 얼굴을 하고 들어오는데, 특히 세 번째 유형은 상담하면서 서로 얼굴도 쳐다보지 않았다.

내가 1년간 이혼 도장을 찍어준 부부는 어림잡아도 수십 쌍은 되었던 것으로 기억한다. 나름대로 중재하려고 노력도 해보긴 했지만, 모두 헛수고였다. 가끔은 상담했던 부부 중에서 내 말을 듣고 며칠 더 생각해 보겠다며 돌아간 사례도 있었다. 그렇지만 이들 또한 결국에는 도장을 찍어줄 수밖에 없었다. 어떤 부부는 내 사무실에 들어오자마자 무작정 도장부터 찍어달라고 요구하는 사례도 있었다. 이들에게 조금 더 대화를 나눠보자며 달래보기도 했지만, 그들은 그저 "우리, 제발 이혼하게 해주세요."라는 말만 되풀이하곤 했다.

종종 다른 영사들은 나보고 뭐하러 그렇게 애쓰냐고 타박하기도 했다. 어차피 결론은 똑같지 않냐는 얘기였다. 물론 그들의 말이 틀린 것은 아니지만, 조금도 후회하지는 않는다. 아마 내가 다른 영사들과 똑같이 했다면, 오히려 지금까지도 '좀 더 잘해 볼 걸'하는 후회가 맴돌았을 것이다.

아무튼 나는 1년 동안 민원실 직원들에게 '이혼 전문' 영사라는 달갑지 않은 수식어를 들어야 했다. 하필이면 내가 민원실장으로 근무할 시기에 이혼 관련 민원 건수가 예년보다 더 많아서 그랬던 것 같다. 지금도 가끔 나와 만났던, 그래서 헤어졌던 그 부부들이 어떻게 살고 있는지 궁금해진다.

부탁이야..., 나를 길들여 줘!

★

어린 왕자는 여우와 만나 '길들인다'에 관해 대화를 나눈다.

"궁금해서 그러는데, '길들인다'라는 게 뭐야?" 어린 왕자가 여우에게 물었다.

"요즘 사람들에게는 잊힌 것인데, 그것은 '관계를 만든다'라는 거야."

"관계를 만드는 거라고?"

"우리가 서로 길든다면, 우리는 서로에게 필요한 존재가 되는 거야. 너는 내게 이 세상에서 단 하나뿐인 존재가 되는 거고,

우리 이혼하게 해주세요

나도 네게 세상에서 하나뿐인 유일한 존재가 되는 것을 말하는 거지."
"아, 이제 조금은 알 것 같아." 어린 왕자가 말했다.

조금 있다가 여우가 어린 왕자에게 자기를 길들여 달라고 말하자
"그럼, 어떻게 하면 되는 거지?" 어린 왕자가 물었다.
"인내심이 있어야 하는 거야. 처음에는 조금 떨어진 풀밭에 앉아
있으면 돼.
그러면 나는 곁눈질로 가끔 너를 바라볼 거야.
그때, 너는 조용히 있어야 해. 말이라는 것은 온갖 오해의 근원이
거든.
그렇게 너는 매일 조금씩 더 가까이 오면 되는 거야."

여우는 어린 왕자에게 '길들인다'라는 것에 관해 '관계를 만들어
가는 것'이라고 말한다. 어찌 보면 어떤 것을 길들인다는 것 그래서
관계를 만들어 간다는 것은 우리 삶의 속성인 것 같다. 그리고 그러
한 길들임의 목적은 분명 함께한다는 것이다. 이러한 길들임에는 사
람 간 길들임과 사람과 동물 또는 사람과 사물 사이의 길들임 등이
해당할 것이다. 물론 이는 사람을 기준으로 해서 살펴보았을 때 그
렇다는 것이다. 이 중에서도 사람 사이의 길들임에는 유별난 것이 있

다. 바로 여우가 얘기하는 '말'이라는 것이다. 동물이나 사물들과 달리 사람의 '말'에는 다양한 의미가 포함되어 있어, 잘못하면 오해의 근원이 싹트기 때문이다.

그리고 이렇게 길들어진 관계는 곧 특별한 존재를 만들어 낸다. 여기서 말하는 특별한 존재는 '서로에게 유의미한 존재로 다시 태어난다'라는 것을 말한다고 할 수 있다. 끝없이 펼쳐진 장미 중에서 유일하게 길들어진 꽃과 많은 여우 중에서 유일하게 길들어진 여우는 '관계라는 우주 속'에서 새로운 삶을 맞이하게 되는 것이다.

내가 영사관에서 상담했던 이혼 부부들 또한 처음에는 '길들이기' 차원에서 결혼에까지 이르게 되었을 것이다. 여우가 말한 것처럼 조금 떨어져서 기다리며, 조금씩 다가서며, 가끔은 곁눈질하며 그렇게 관계를 만들고, 결국에는 관계라는 '하나의 우주'를 만들었을 것이다. 물론 함께하며 행복한 시간도 많았을 것이다. 그렇지만 시간이 가면서 '하나의 우주'에 조금씩 틈새가 생기기 시작하다가, 다시 두 개의 우주로 떨어져 나갔을 것이다.

그러면 왜 다시 두 개의 우주로 떨어지게 되었을까? 나는 인내심 부족 때문이 아닐까 하고 생각해 본다. 여우가 말한 '길들이기'는 결혼 전에만 해당되는 것은 결코 아닐 것이다. 오히려 결혼 후의 '길들이기' 과정이 훨씬 더 중요하다고 할 수 있다. 그렇지만 대부분은 그 사실을 잊고 살아간다. 결혼 전의 인내심도 어느 순간 바닥으로 추락하고 만다. 이렇게 두 개의 우주는 점점 남이 되어 가는 것이다.

철학자 '칸트(Immanuel Kant)'는 결혼에 관한 7년여의 연구 끝에 '결혼을 해야 하는 이유 354가지, 결혼을 하지 말아야 하는 이유 350가지'를 들어, 결혼의 장점이 단점보다 4가지가 더 많다고 결론지었다. 이 때문인지 평생 독신으로 살았던 칸트는 주변 사람들에게 결혼의 필요성을 적극적으로 권장했다고 한다.

그렇지만 칸트의 말을 액면 그대로 받아들이는 것은 위험하다. 결혼의 장점이 단점보다 4개 더 많다는 것은 오직 결혼 후에도 '길들이기' 과정이 지속적으로 유지되었을 때 의미가 있다고 할 것이다. 물론 결혼 후에 이러한 과정을 소홀히 한다면, 결혼의 단점이 장점보다 더 많아지리라는 것도 분명하다.

결혼해 본 사람들은 안다.

결혼 자체가 사람을 행복하게 만드는 것이 아니고,

결혼 자체가 사람을 불행하게 만드는 것도 아니라는 것을.

행복이라는 것은 '길들이기'를 어떻게 하느냐에 달려 있다.

나는 지금도 간절히 기도하고 있다.

내가 이혼 도장을 찍어준 그 사람들이

새로운 '길들이기'에 성공해

지금은 부디 행복으로 가득한 우주를 만들어 가고 있기를.

우리 이혼하게 해주세요

젊음의 초상

¶ 미국은 기회의 땅일까?

미국은 세계 각국에서 학생들이 몰려드는 가히 유학 천국이라고 할 수 있다. 물론 한국에서도 유학 선호도 1위는 단연 미국이다. 미국 국제교육원(Institute of International Education)의 통계에 의하면, 2019년도 기준으로 미국 대학에 등록된 총유학생은 100만 명이 넘어섰다고 한다. 이 기록은 매년 증가 추세에 있다는 것이다.

그러면 미국에는 어느 나라 학생들이 주로 유학을 오는가? 최근 미·중 간 갈등이 격화되고 있지만, 단연 중국 유학생이 2019년 기준 37만 명으로 가장 많다. 2위 인도(20만 명)에 이어 한국은 5만 2천 명으로 3위를 기록하고 있다. 그 외에도 사우디아라비아, 캐나다, 베트남, 대만, 일본 순으로 미국에 많은 유학생을 보내고 있다. 여기서 각국의 면면을 살펴보면 잘 알겠지만, 인구 대비 미국 유학생을 숫자로 따져보면 당연히 한국이 세계 1등이다. 이처럼 한국은 세계 유학 시장에서 늘 선두 주자였고, 이러한 유학생들이 우리나라 국가 발전에 크게 이바지해왔다고 할 수 있다. 그렇지만 한국의 경제 규모가 커지고, 국내 대학도 선진국 수준으로 올라서면서 미국 유학만으로 성공하는 시대는 이미 지나간 것 같다.

상황이 이렇다 보니 이제는 유학 후 한국으로 돌아온다 해도 본인이 원하는 일자리를 얻기가 쉽지 않다. 그래서 유학생들은 미국 내취업이나 국제 기구 취업 등으로 눈을 돌리고 있는 것 같다. 그러나이 또한 여러 가지 장벽이 가로막고 있다.

그러면 미국 내 취업 여건에 대해 조금 더 자세히 살펴보자.

우리는 보통 미국 아이비리그(Ivy League : 미국 동북부에 있는 8개의 명문 대학. 하버드, 예일, 펜실베니아, 프린스턴, 컬럼비아, 브라운, 다트머스, 코넬)로 유학하는 학생들을 선망의 대상으로 바라보지만, 그들의 현실은 생각보다

녹록하지 않다. 물론 유학 후 성공적으로 미국 내에서 취업하는 사례도 많이 있을 것이다. 하지만 체류 신분 때문에 취업의 벽을 넘어서지 못하는 사례가 훨씬 많다. 미국 내에서 취업하는 사람들은 크게두 부류라고 할 수 있다. 첫째는 능력이 출중해서 미국이 필요로 하는 인재로 인정받은 경우이고, 둘째는 미국 국적을 가진 사람과 결혼해서 체류 신분을 해결한 경우라고 할 수 있다.

그렇지만 미국 학생들과 비슷한 정도의 실력을 갖추고 있다면미국 내에서 취업은 어렵다고 보아야 한다. 왜냐하면 미국 기업에서외국 국적 학생을 채용하기 위해서는 여러 가지 서류 준비 등으로 추가 비용이 발생하기 때문이다. 어떤 기업이 더 큰 비용을 지급하면서까지 비슷한 능력의 외국인을 굳이 채용하려 하겠는가.

이상에서 살펴본 바와 같이 미국 내에서 체류 신분을 해결하지못하면 취업할 수 없다고 보아야 한다. 그래서 많은 유학생은 비자가만료되고 취업에 성공하지 못하면 한국으로 귀국길에 오른다. 물론현지에 남아 어려운 여건 속에서도 취업 시장에 계속 도전하는 학생들도 있다.

그중에는 영사관 인턴 생활도 포함된다. 뉴욕 총영사관에도 보통 4~5명 정도의 인턴이 있는데, 이들은 주로 경제, 홍보, 정무 등의 분야에 배치된다. 이들 대부분은 아이비리그 출신이지만, 월급이 없는 무급 인턴으로 일하고 있다. 이처럼 인턴 생활이 열악한 조건임에도 불구하고, 인턴으로 채용되는 것도 결코 쉬운 일은 아니다. 왜냐하면 무급 인턴 자리를 원하는 학생들은 많지만, 자리는 한정되어 있기 때문이다. 그러면 왜 많은 학생이 무급임에도 불구하고 영사관 인턴에 응모하는 것일까? 이유는 간단하다. 영사관에서 인턴 생활을 하는 동안에는 합법적으로 미국에 체류할 수 있기 때문이다. 실제로 영사관 인턴 중에는 인턴 생활을 하면서 뉴욕에 있는 국제기구에 취업한 사례도 있다. 그렇지만 이 또한 낙타가 바늘구멍에 들어가는 것만큼이나 어려운 일이다.

요즘 미국 대학을 졸업한 유학생들의 현실은 이렇듯 예전과 같지 않다. 미국은 더이상 기회의 땅이 아니다.

★

장미꽃은 멀리 떠나려는 어린 왕자에게 투정 부리듯 말을 한다.

"나는 나비와 친구가 되고 싶어. 그래서 몇 마리 정도의 애벌레쯤
은 참아내야만 해. 나비는 진짜 예쁜 것 같아. 나비가 아니면 누가
날 찾아오겠어? 네가 먼 곳으로 떠나 버리면... 큰 짐승 따위는 하
나도 겁나지 않아. 나에겐 발톱이 있거든."

장미꽃은 그러면서 천진난만하게 네 개의 가시를 내밀었다.

또 어린 왕자는 인간의 껍질을 벗어 버리는 마지막 순간에도 비행
사에게 장미꽃 얘기를 반복한다.

"있잖아, 아저씨. , 내 꽃 말인데... 나는 그 꽃을 책임져야 해! 그
꽃은 진짜 연약한 꽃이야. 그리고 너무 순진하기도 하지. 보잘것없
는 네 개의 가시로 세상과 맞서려고 하지 뭐야."

이 말을 들은 비행사는 그만 주저앉았다.

그는 더 서 있을 수가 없었다.

여기서 장미꽃이 가지고 있다는 네 개의 연약한 가시는 무엇을 말할까? 나는 그것이 장미의 자존심이라고 생각한다. 장미는 어린 왕자를 떠나보내는 순간에도 네 개의 연약한 가시를 보여주며 자존심을 지키려 한 것이다. 어린 왕자는 장미꽃이 지키려는 자존심의 위험성을 1년여의 여행을 통해 깨달았다. 그것은 자존감이 없는 자존심은 오히려 자신을 해칠 수도 있다는 것이다. 그래서 어린 왕자는 장미꽃의 자존감을 찾아주기 위해서 자기 별로 돌아갈 결심을 한 것이다.

자아존중감 즉 자존감(self-esteem)이란 단어는 1980년대 미국의 의사이자 철학자인 '제임스 윌리엄스'가 처음 사용했다. 그가 말하는 자존감이란 '자신은 사랑받을 만한 가치가 있는 소중한 존재이고, 또 어떤 일이든 해낼 수 있다는 스스로에 대한 믿음'이라고 할 수 있다. 이러한 자존감은 조금은 주관적인 측면이 있기는 하지만, 이를 갖추기 위해서는 '자기 자신에 대한 객관적인 평가'가 먼저 이루어져야 한다. 이 말은 우선 나 자신을 먼저 정확하게 알아야 한다는 말이다. 그렇지 않은 자존감은 모래 위의 성에 불과하다고 할 수 있다.

젊음의 초상

한편 자존심이란 '남에게 굽히지 않고, 자신의 품위를 지키는 마음'이다. 이러한 자존심은 자신에 대한 객관적 평가가 없이도 가능하다. 그렇지만 자존심은 그저 자기 위상을 지키려는 마음이기 때문에, 자존감이 뒷받침되지 않은 자존심은 그 누구에게도 인정받기 어려울 것이다.

어린 왕자가 자기 별로 돌아간다면, 그냥 자존심에 불과했던 네 개의 가시는 분명 자존감으로 탈바꿈하게 될 것이다.

나는 영사관에서 일하던 인턴들도 자기를 지키기 위한 가시를 하나 더 만들고 있었을 것으로 생각한다. 그렇지만 그 과정은 순탄하지 않을 것이다. 이들이 미국에서 취업에 성공할 정도로 가시를 만들어내는 일은 절대 간단치 않을 것이기 때문이다. 대부분은 가시를 만들다가 중도에 포기하고 귀국길을 택할지도 모른다. 그러나 자존심이라는 가시를 자존감으로 잘 키워낸 한국의 젊은이들은 분명히 그들의 목표를 달성할 것이라 확신한다.

우리의 삶 또한 마찬가지다.

우리가 자존심을 지키기 위한 자존감을 지속해서 높여나간다면,

우리는 분명 멋지고 단단한 삶을 살 수 있을 것이다.

오늘도 나는 이런 마음으로 '나만의 가시' 하나를 더 키워내고 있다.

K-POP Festival

¶ New York, Korea Festival

뉴욕은 세계 최대 관광 도시로서 1년 내내 전 세계의 다채로운 문화 행사가 열리는 것으로 유명하다. 한국 문화 행사 또한 마찬가지다. 그중에서도 가장 큰 행사는 아무래도 'Korean Parade'일 것이다. 'Korean Parade'는 뉴욕 한인회가 매년 10월에 맨해튼 한복판에서 개최하는 행사로서, 지난 40년 동안 현지인과 많은 관광객의 사랑을 받아왔다. 더불어 한국 경제 규모가 성장하면서 한국 문화에 대한 현지인들의 관심도 꾸준히 증가하고 있다.

이러한 자신감을 바탕으로, 뉴욕 현지에서 대규모 K-POP 공연을 열면 어떻겠냐는 의견이 동포 사회에서 조심스럽게 나오기도 했다. 그러던 중 영사관과 KBS 측은 뉴욕에서 '열린 음악회'를 개최하자고 의견을 모았다. 이때 마지막까지 고민했던 점은 행사 방향을 어떻게 가져갈 것이냐의 문제였다. 국내도 아니고 해외에서, 더 나아가 미국 뉴욕에서 'KBS 열린 음악회'를 개최하려면, 이에 대한 어떤 명분이나 당위성이 있어야 했기 때문이다. 만약 특정한 명분 없이 뉴욕에서 'KBS 열린 음악회'를 개최한다면, 국내 시청자들이 조금은 어리둥절할 수도 있을 테니 말이다. 영사관과 KBS 측은 여러 차례 회의 끝에 적당한 명분을 찾아냈다. 그것은 'UN 가입 20주년 기념, New York, Korea Festival'이었다. 마침 2011년이 대한민국이 UN에 가입한 지 20주년이 되었으니, 명분은 충분했다.

그런데 'New York, Korea Festival' 추진은 그리 순조롭지 않았다. 영사관 내에서는 정무 영사와 문화 홍보관 그리고 동포 영사가 역할을 분담하여 행사 준비에 나섰으나, 뜻밖의 난관이 발생했기 때문이다. 그것은 행사 장소의 문제였다. 한국과 달리 미국은 대규모 행사 개최에 관해서 지역 주민이나 해당 관청이 그리 협조적이지 않

있다. 그리고 'New York, Korea Festival' 규모의 행사를 개최하려면 적어도 몇 년 전부터 철저한 준비가 뒷받침되었어야만 했다. 하지만 불과 몇 개월 사이에 전격 추진된 행사였고, 추진 방식 또한 총영사와 KBS 측 고위 관계자가 Top-Down 방식으로 결정한 행사이다 보니 진행 과정에서 많은 문제점이 노출되었다.

우선 영사관에서는 맨해튼을 대표하는 'Central Park'를 최적지로 보고 협의에 나섰다. 처음에는 모든 일이 잘 풀리는 것 같았다. 그렇지만 행사 규모가 5만 명에 이를 것이라는 사실을 알게 된 뉴욕 경찰(NYPD)에서 제동을 걸었다. 이유는 맨해튼 한복판에서 5만 명 규모의 행사를, 그것도 저녁에 개최하면 안전 문제를 담보할 수 없다는 것이다. 미국은 안전과 관련해서는 절대 양보하는 법이 없다. 어쩔 수 없이 영사관은 새로운 대안을 검토하기 시작했다. 그래서 찾아낸 것이 'Randall's Island'였다. 이곳은 뉴욕 한인 청과협회 주관으로 매년 추석맞이 행사를 개최하는 곳이고, 커다란 잔디 광장도 있어 행사 장소로는 최적지로 보였다. 하지만 이 역시 NYPD의 반대에 부닥쳤다. 랜들 아일랜드 또한 5만 명 규모의 관람객이 진입하기에는 진입로가 너무 좁다는 것과 주차장이 협소하다는 것이 발목을 잡았다.

이러한 상황에서 행사를 재검토하자는 의견이 조금씩 개진되기 시작했다. 그렇지만 영사관 지휘부는 어떻게든 행사를 개최하려고 했다. 이때 일부 동포 단체에서 뉴저지에 있는 'New Overpeck Park'에서 개최하자는 의견을 제시했고, 영사관 지휘부는 그것을 적극적으로 수용하고 관련 행정기관과 협의를 이어나갔다. 이 또한 처음에는 쉽지 않았지만, 그 지역 한인 출신 부시장의 전폭적인 지원 덕에 모든 난관을 극복할 수 있었다. 마지막 남은 쟁점은 뉴저지에서 행사를 개최하면서 'New York, Korea Festival'이라는 명칭을 쓰는 것이 적절하냐의 문제였다. 나 또한 그런 문제를 제기하는 측의 입장에 섰다. 그렇지만 이런 의견은 소수 의견으로 묻혀버렸다.

힘겨운 과정을 통해 행사 장소를 확정짓고, 드디어 2011년 10월 9일 오후 7시에 'New York, Korea Festival'은 성대하게 개최되었다. 행사 출연진에는 동방신기, 2PM, 샤이니, 포미닛, 비스트, 씨스타, 지나 등 대형 K-POP 가수들과 김태우, 마야, 인순이, 태진아, 설운도, 소프라노 홍혜경 등 대한민국을 대표하는 최고의 음악인이 총출동했다. 당시 행사장에는 K-POP 가수를 보려는 관객들로 인산인해를 이루었다. 그들 중에는 캐나다뿐만 아니라 남미에서도 K-POP 가수들을 보기 위해 몰려든 관객도 많았다. 당시 동포 언론에서는 관람객이 10만여 명에 이를 정도로 성황을 이루었다고 보도했으나, 실은 4~5만 명 정도가 모였던 것으로 추산된다. 그렇지만 4~5만 명도 어마어마한 규모였기 때문에 많은 사람이 K-POP의 인기를 실감할 수 있는 계기가 되었다.

이렇게 'KBS 열린 음악회' 측과 함께한 'New York, Korea Festival'은 겉으로 보기에는 성공적으로 마무리되었다.

권위는 이치에 바탕을 두어야 한다.

★

어린 왕자가 첫 번째 별의 왕에게 해지는 광경을 볼 수 있도록 명령을 내려달라고 하자, 왕은 다음과 같이 말한다.

"만약 내가 어느 장군에게 나비처럼 이 꽃 저 꽃으로 날아다니라고 하거나, 비극 작품을 쓰라고 하거나, 새로 변하라고 명령을 했는데도, 그 장군이 명령을 따르지 않는다면 그것은 누구 잘못이냐?"

"그것은, 폐하의 잘못이죠." 어린 왕자가 말했다.

어린 왕자의 말을 들은 왕은 이렇게 대답했다.

"맞다. 명령을 내릴 때는 그가 할 수 있는 것을 요구해야 하는 법이다. 권위라는 것은 우선 이치에 바탕을 두어야 한단다. 만약 백성에게 바다에 몸을 던지라고 명령을 내린다면, 그들은 분명 반란을 일으킬 것이다. 내 명령이 이치에 어긋나지 않아야만 권위가 생기는 것이란다."

여기서 첫 번째 별의 왕이 말한 것은 어찌 보면 당연하다고 할 수 있다. 이치에 합당한 명령만 내려야 한다는 그의 말은 시대를 불문하고 위정자들이 마음속에 간직해야 할 금언이라고 할 수 있다. 좀 어리숙하게 보이기는 하지만, 이 별의 왕은 자기가 할 수 없는 것과 자기 한계를 명확하게 알고 있어, 어느 면에서는 현명한 지도자라고 할 수도 있을 것이다. 그렇지만 현실에서 이러한 지도자를 만나는 것은 쉬운 일은 아니다. 대부분은 지도자가 되자마자 권위라는 것을 오해하기 시작한다. 그들은 자기가 모든 것을 할 수 있다는 환상 속에서 세상 이치에 맞지 않는 무모한 명령을 너무도 쉽게 내리고 만다. 그리고 그 명령에 대한 반론이 펼쳐지면, 그는 자신의 잘못된 논리를 교묘하게 합리화해 나간다.

"악이란, 시스템을 비판 없이 받아들이는 것이다."

독일 태생 유대인 철학자인 '한나 아렌트(Hanna Arendt)'가 한 말이다. 그녀는 아무리 평범한 사람이라 할지라도 시스템을 비판 없이 받아들이면 악을 저지를 수 있다고 한다. 그녀는 수많은 유대인을 학살한 독일 장교 '아이히만'의 재판을 보고 나서, 평범한 인간이 어떻게 악마가 되어가는지 밝혀냈다. 결국 시스템을 비판적으로 사고하느냐의 여부에 따라 우리는 인간이 될 수 있고, 악마가 될 수도 있다는 것이 한나 아렌트의 결론이라고 할 수 있다.

'뉴저지주 New Overpeck Park가 한인 단체 행사를 시작으로 각종 대형 행사들이 이어지면서 몸살을 앓고 있다'라고 지역 일간지에서 보도한 바가 있다.

기사는 2011년 개최된 뉴욕 한인 청과협회의 추석맞이 대잔치를 언급하면서 당시 교통 체증과 소음, 쓰레기 등으로 지역 주민들로부터 많은 불만이 접수됐다고 밝혔다. 특히 추석맞이 대잔치와 함께 열린 'New York, Korea Festival'이 오후 10시까지 이어지면서 밤중까지 시끄러운 음악 소리가 울렸으며, 수만 명의 인파가 한꺼번에 몰리며 도로 교통이 마비되었다고 지적했다.

이는 당시의 혼란상을 동포 언론이 보도한 내용이다. 처음 행사가 끝난 후에는 영사관 등 주최 측뿐만 아니라 동포 언론도 자화자찬 일색이었다. 그렇지만 속사정을 자세히 살펴보면, 현지 사정을 전혀 고려하지 않고 강행한 탓에 많은 주민이 불편을 겪을 수밖에 없었다. 나중에 들은 얘기지만, 'New York, Korea Festival' 행사 개최를 도와준 한인 부시장이 정치적으로 궁지에 몰렸다는 소식도 들려왔다. 물론 동 행사로 인해 주민들에게 막대한 불편을 끼쳤다는 이유였다고 한다.

이런 일이 발생한 이유는 크게 두 가지 측면에서 살펴볼 수 있다.

첫째는 이치에 맞지 않는 명령을 내렸기 때문이다. 만약 영사관 지휘부가 어린 왕자가 방문한 첫 번째 별의 왕처럼 이치에 합당한 명령을 내렸다면, 철저한 사전 준비로 많은 현지인의 환영 속에서 행사가 마무리될 수 있었을 것이다.

두 번째는 한나 아렌트의 말대로 행정 내 지휘 시스템을 비판 없이 받아들였기 때문이다. 나를 포함해서 행사 관련 영사들이 지휘부에 관련 문제점을 보고했지만, 그런 의견은 크게 주목받지 못했다. 그렇지만 조금 더 적극적으로 지휘부를 설득했더라면, 아마도 다른 결과가 나오지 않았을까 하는 아쉬움도 남는다.

나는 이제 명확히 인식하고 있다.

어떤 사람이 해낼 수 있는 일과 이치에 맞는 것을
명령해야만 그 말에 권위가 선다는 것을.
어떤 시스템을 비판 없이 받아들이기만 하는 사람은
잘못하면 스스로 악마가 될 수도 있다는 것을.

한국 남자와 결혼하면 루저?

¶ 한국 남자는 힘들어서

영사관에서 동포 영사로 근무했기 때문에 각 지역 한인회뿐만 아니라 세탁협회와 같은 직능 단체에서 활동하는 동포들을 많이 만났다. 나는 이들과의 대화를 통해서 한인 사회에 관해 많은 것을 알 수 있었다. 그중에서 가장 흥미로웠던 점은 미국에 사는 재외 동포의 결혼관이었다. 아무래도 이들은 미국에서 오래 살다 보니 한국 사람과는 다른 면이 많았다.

한 번은 영사관에 근무하는 한인 직원의 딸이 결혼한다는 얘기를 들었다. 나는 이들의 결혼 문화가 한국과 어떻게 다른지 궁금해서 여러 가지를 물어보았다. 우선 그녀의 딸은 백인과의 결혼을 준비하고 있었다. 외국인 사위가 부담스럽지 않느냐는 물음에, 그녀는 의외로 전혀 그런 것을 느끼지 못한다고 대답했다. 다만 그녀 또한 한국인이었기 때문에 딸에게 필요한 것을 지원해 주겠다고 했지만, 단칼에 거절당했다고 말했다. 그녀의 딸은 "그동안 키워준 것도 모자라 엄마가 왜 돈까지 보태주려고 하느냐?"며 오히려 얼굴을 붉혔단다. 그런 말을 나에게 해 주면서도, 그녀는 못내 아쉬운 표정을 감추지 못했다.

이 외에도 한인 여성은 결혼 상대자로 한인보다는 외국인을 더 선호한다는 얘기를 듣기도 했다. 특히 성공한 여성일수록 더욱더 그렇다는 말도 들을 수 있었다. 심지어 이들 중에는 한국 남자와 결혼하면 'Loser'라는 말을 하고 다니는 여성도 있다고 한다.

도대체 이런 말이 떠돌아다니는 이유는 무엇 때문일까?

첫 번째는 한국의 가족 문화 탓이 클 것이다. 우연한 기회에 한인 남성과 사귀었던 한 여성의 애로 사항을 들을 기회가 있었다. 그녀는 부모님이 한국인과 결혼하기를 원해 한인 남성과 교제를 시작했다고 했다. 그렇게 6개월 정도 만난 후, 한국에 있는 남자친구의 집을 방문했단다. 그런데 그의 어머니는 당연하다는 듯이 음식 준비부터 설거지뿐만 아니라 식후 커피 준비까지 그녀에게 시켰다는 것이다. 물론 남자친구가 부엌으로 들어와 도와주려 했으나, 그의 어머니는 외국에서 공부하기 힘들었을 텐데 그냥 방에 들어가서 쉬라면서 아들을 말렸다는 것이다. 그녀는 그 상황을 이해할 수 없었지만, 어쩔 수 없이 며칠간 같은 일을 반복할 수밖에 없었다고 한다. 이런 일이 있고 난 뒤에도 그녀는 다른 한인과 몇 차례 교제했지만, 그들의 가정환경에 적응하지 못해 결국은 미국인과 결혼하게 되었다.

두 번째는 한인 남성들의 성향 문제 때문일 것이다. 요즘 젊은 사람들은 많이 달라졌지만, 보통의 한국 남성들은 서양 사람보다 여자를 배려하는 측면이 조금 부족한 것은 사실이다. 미국에 사는 한인 남성이라고 해서 한국에 비해 크게 다르지 않다. 뉴욕에서 중국인과 결혼한 한인 여성들을 여러 번 볼 기회가 있었다. 이들이 하는 말은 한결같았다. 중국인 남성이 한인 남성보다 더 가정적이고, 집안일도 더 적극적으로 도와준다고 했다. 이 말을 듣게 된 나는 고개를 들 수가 없었다. 나 또한 이런 한국 남자가 분명했으니.

물론 이런 사례가 미국 한인 사회를 전부 대변한다고 할 수는 없을 것이다. 그렇지만 분명히 이렇게 생각하는 여성들이 있다는 것도 현실이다.

길들이기에도 의식이 필요한 거야

★

어린 왕자를 다시 만난 여우는 그에게 길들이기 기술에 대해서 말을 계속 이어갔다.

"언제든지 똑같은 시간에 왔으면 더 좋았을 거야. 네가 네 시에 온다면 나는 세 시부터 벌써 행복해지기 시작할 거야. 그리고 시간이 흐를수록 나는 더 행복해지겠지. 네 시가 되면 이미 나는 안절부절 못할 거야. 그러면 행복이 얼마나 소중한 것인지 알게 되겠지! 하지만 만약에 네가 아무 때나 찾아온다면 나는 몇 시부터 기다려야 할지 종잡을 수가 없잖아. 그래서 의식이 필요한 거야."

"의식이라니, 그게 뭔데?" 어린 왕자가 물었다.
"그것도 점점 잊히고 말았어. 그건 어떤 날은 다른 날들과 어떤 시간은 다른 시간과 다르게 만드는 것을 말하는 거야." 여우가 말했다.

여우는 어린 왕자에게 길들이기에도 의식이 필요하다고 말했다. 여기서 말하는 의식이란 친할수록 더욱더 신경써야 하는 것이 아닌가 생각해본다. 너무 가깝다고, 너무 오래되었다고 무례하거나 형식적으로 대하면 그 관계는 파탄날 수밖에 없다. 그러므로 평소에 주변 사람의 습관이나 생활 방식에 관해서 꾸준히 관심을 가져야 한다. 그렇지 않은 사람은 누구와도 함께할 자격이 없는 사람이라고 할 것이다.

사람은 누구나 존재 자체로 존귀하다는 사실을 잊지 말자. 그 누구도 다른 사람을 과소 평가하는 우(愚)를 범하지 말아야 한다. 행동이나 생각이 서로 다르다는 이유로 그를 무시한다면, 이것은 그 사람의 영혼을 파괴하는 것이라는 사실도 명심했으면 한다.

한국 남자와 결혼하면 루저?

만약 이러한 의식(상대에 관한 관심과 배려)이 귀찮다면, 남들과 홀로 떨어져서 사는 것이 낫다. 그렇지 않으면 자기의 사소한 행동 하나하나가 결국에는 남을 베어버리는 칼이 될 수도 있기 때문이다. 사람들은 흔히 착각하곤 한다. 나는 객관적으로 문제가 없다는 식으로 말이다. 그렇지만 바꿔놓고 생각해 보면 언제나 내가 문제인 경우가 더 많다는 사실도 부인할 수 없다. 이럴 자신이 없으면 정말로 혼자 살아가길 권한다. 그것만이 나도 지키고 남도 지키는 길일 것이다.

미국에서 한인과 결혼하기를 꺼리는 한인 여성들은 어느 정도 타당한 그녀들만의 경험과 생각이 있을 것이다. 그러므로 그녀들이 이해할 수 있는 환경과 상황을 만들어 주는 것이 중요하다. 여기서 말하는 그러한 환경이란 어린 왕자에 나오는 의식(상대에 관한 관심과 배려)이라고 할 수 있다. 결혼은 혼자서 하는 것이 아니다. 결혼에는 당사자뿐만 아니라 양측 집안사람들이 함께하는 것이라는 점을 명심해야 할 것이다.

'나에게는 누구에게라도 그가 자신을 과소평가하게 하는

말이나 행동을 할 권리가 없다.

중요한 것은 내가 그 사람에 대해 어떻게 생각하느냐가 아니고,

그가 그 자신을 어떻게 생각하느냐 하는 것이다.

사람의 존엄성에 상처를 주는 것은 죄악이다.'

어린 왕자의 저자 생텍쥐페리가 한 이 말은

곱씹을수록 더욱더 진한 여운을 준다.

한국 남자와 결혼하면 루저?

Epilogue

어린 왕자와 함께 떠난 뉴욕이라는 색다른 행성 여행은 이렇게 끝났다. 비록 뉴욕에서 보낸 3년여의 기간은 길다면 길고 짧다면 짧은 시간이었지만, 한국에만 있었다면 모를 수밖에 없었던 많은 것을 경험한 소중한 시간이었다. 처음 떠날 때의 심경은 지금도 생생하다. 매일 똑같은 일상이 반복되던 직장 생활의 무료함, 결혼 후 가족을 꾸렸다는 기쁨도 조금씩 희미해지면서 권태기가 몰려오던 순간들, 가까웠던 친구들도 각자 인생의 파고를 넘느라 소원해지면서 외로움으로 인한 갈증이 몰려들던 순간에 어린 왕자의 심정으로 떠났던 미국 생활이 지금도 가끔 꿈속에 나타나곤 한다.

나는 당시 미국, 그중에서도 세계 최대 도시인 뉴욕에 대한 막연한 환상을 지니고 떠났다. 뉴욕에서의 삶은 분명 한국보다 나을 것이란 확신뿐만 아니라, 내가 찾고 있는 우물을 그곳에서 반드시 찾을 수 있을 거라는 기대를 품고 있었다. 물론 뉴욕 생활은 지금 생각해도 소중한 시간이었다. 미국 교육 과정을 통해 아이들이 조금 더 창의적으로 바뀐 것은 사실이고, 나와 아내 또한 남의 눈치를 보지 않고 온전히 '나'를 위한 삶을 살았던 것도 분명하다. 그렇지만 한국에서 보지 못했던 미국의 또 다른 이면을 경험하게 되면서, 한국 사회와 문화를 다시금 돌이켜 볼 수 있는 소중한 기회가 되었다. 또한 어떤 문화권에서 살아가느냐는 그리 문제가 되지 않다는 것도 알게 되었다. 중요한 점은 내가 현재 거주하고 있는 곳에 몰입하며 살아가느냐, 아니면 이방인으로 남아 있느냐의 문제였다.

나는 미국에서 머물렀던 기간 동안 한국이라는 뿌리를 결코 벗어날 수가 없었다. 그 이유는 이민을 떠난 것이 아니라, 3년이란 짧은 시간 동안 한시적으로 머물 수밖에 없어 더 그랬을 것이다. 미국인과 동포들을 자주 만나면서 나만의 '우물'을 찾고자 했으나 결국 찾아내지 못했는데, 이는 '머리끝부터 발끝까지 한국인이라는 사실'에 있었다. 내가 아무리 미국 사회에 녹아 들어가려 해도 내 몸속에는 한국인이라는 유전자가 자리하고 있었고, 음식뿐만 아니라 생활 습관 속에서도 나는 어쩔 수 없는 한국인이었다. 어쩌면 나라는 존재는 한국 땅덩어리와 5,000년의 역사가 만들어낸 자동 로봇이 아니었을까 하는 생각이 들기도 했다. 이런 연유로 나뿐만 아니라 우리 동포들의 미국 생활이 한국에서와는 달리 팍팍할 수밖에 없었던 것 같다.

어린 왕자와 함께 떠난 뉴욕 여정에서 '내 영혼을 적셔줄 우물'을 찾지는 못했다. 그렇지만 미국이라는 곳에서 힘겹게 살아가고 있는 동포들을 통해 '진정한 영혼의 우물'은 한국에 있음을 알게 되었다. 매번 인생의 고비를 마주하게 된 사람들뿐만 아니라 별 어려움 없이 잘 지내는 사람조차도 가끔은 무료함에 빠져 뭔가 새로운 것을 찾기도 한다. 이때 흔히들 생각하는 것이 한국을 떠나 '다른 나라에서 살아봤으면 하는 소망'일 것이다. 그렇지만 해외 생활은 그리 녹록하지 않은 것이 현실이다. 또한 해외에서 실제로 살다 보면, 한국이라는 나라가 우리가 생각했던 것보다 훨씬 괜찮은 곳이라는 사실도 느끼게 될 것이다.

결국 나는 3년여의 미국 생활을 마치고 어린 왕자가 그러했던 것처럼 뼛속까지 고향인 'B612 행성, 대한민국'이라는 곳으로 돌아왔다. 이제는 한국이라는 나라의 위대함을 보면서 살아가고 있다. 이게 다 어린 왕자 덕분이라고 생각한다. 만약 내가 미국이라는 나라를 어린 왕자의 눈으로 보지 않았다면, 한국의 위대함을 발견하지 못했을 것이다. 그렇다고 해서 한국 사회 모두가 다 완벽하다는 말은 아니다. 그렇지만 불완전한 한국 사회 속에도 수많은 가능성이 잠재해 있다는 점을 인식하게 된 것만으로도 내게는 커다란 소득이었다.

앞으로도 나와 같은 여정을 떠나는 사람들은 많을 것이다. 이런 분들에게 당부드리고 싶은 것은 두 가지다.

먼저 한 번쯤은 몇 년 정도라도 해외 체류를 반드시 경험해 보라는 것이다. 비록 단기간의 외국 생활이 힘들기는 하겠지만, 그 과정을 통해 한국인으로서의 정체성과 한국이라는 나라의 소중함을 분명히 되찾을 수가 있을 것이다.

다음은 외국으로 이민을 간 사람들은 하루 빨리 그곳을 고향으로 삼아야 한다는 점이다. 그렇지 않으면 그곳에서 영원히 이방인으로 살아갈 수밖에 없게 된다. 우리가 나고 자란 땅을 떠나 핏줄과 뿌리가 다른 이방인의 나라에 정착하기 위해서는 피나는 노력이 필요하다는 점을 명심해야만 한다.

이러한 결심만 섰다면 다른 나라로 떠나는 일에 과감히 도전해보자. 기왕이면 내가 했던 것처럼 어린 왕자의 손을 잡고 떠나는 것도 좋은 방법일 것이다. 이런 마음가짐만 가지고 떠난다면, 분명 그동안의 삶과는 다른 '또 하나의 눈'을 얻어 올 수 있을 것이라 확신한다.